寻找 田小军

阿连 —— 著

山西出版传媒集团
北岳文艺出版社
·大原

图书在版编目(CIP)数据

寻找田小军 / 阿连著. —太原:北岳文艺出版社,2024.1

ISBN 978-7-5378-6784-9

Ⅰ.①寻… Ⅱ.①阿… Ⅲ.①长篇小说—中国—当代 Ⅳ.①I247.5

中国国家版本馆CIP数据核字(2023)第181324号

寻找田小军

阿连 著

//	
出 品 人 郭文礼	出版发行:山西出版传媒集团·北岳文艺出版社
	地址:山西省太原市并州南路57号
	邮编:030012
	电话:0351-5628696(发行部) 0351-5628688(总编室)
选题策划 高海霞	传真:0351-5628680
	印刷装订:山西人民印刷有限责任公司
责任编辑 高海霞	开本:787 mm×1092mm 1/32
	字数:139千字 印张:7.25
装帧设计 张永文	版次:2024年1月第1版
	印次:2024年1月山西第1次印刷
	书号:ISBN 978-7-5378-6784-9
印装监制 郭 勇	定价:48.00元

本书版权为本社独家所有,未经本社同意不得转载、摘编或复制

目录

怀朔之夜 …………………001
一团火焰 …………………013
田二军 ……………………026
在路上 ……………………040
繁星流入身体 ……………054
牧马者 ……………………068
如风而过 …………………083
一束野菊 …………………099
上天保佑我没杀了他 ……115

为深情赎罪 …………………………153
不能说 ……………………………171
多住一晚 …………………………187
传说纷纭 …………………………203
北归北 ……………………………221

怀朔之夜

到达怀朔的时候，天已经擦黑。我跳下大巴，一脚踩到土地上时，天空的落日正像一颗煮熟的蛋黄，孤单而冷清地挂在天边，我有它要落入口中的幻觉，莫名的恐惧袭来，我突然有些后悔下车了。大巴是从包头开往百灵庙的，而我本来也是想要去百灵庙的，可是为什么我要在怀朔下车，而不是终点站呢？我自己也稀里糊涂，弄不明白。其实我本来还可以在固阳下车，固阳毕竟还是个县城，并且有我要好的发小巧巧在那里。巧巧跟我说过无数次，回内蒙古的时候，一定找她去。

大巴绝尘而去，我站在路边不知所措。我知道怀朔虽然是个古镇，但绝对不会人烟阜盛，然而落日下的怀朔之寥落，还是让我有些沮丧。远望过去，零零落落低矮的房子，像站在风里的我一样单薄与无助。几处炊烟倒是袅袅而起,却不给人暖和之意,反添了寂寞与凄凉。冷硬的风视我的衣服如无物般,冲撞进来,我打了个哆嗦。

"你该多穿点衣服的!"

突然的声音吓了我一跳。循声而去,才发现了身边的人,我朝他笑笑:"带着呢,没想到这么冷!"我发现是大巴上坐我后排的男人。

"那你快穿上吧,你这身板,不感冒才怪。"

他拉过我的行李箱:"我替你拉着吧。你到怀朔走亲戚?"

我没有拒绝,进入内蒙古高原以后,我的戒备心理就一点点地消除。何况在大巴上的时候,我俩就有过交谈。当时他抽烟,我阻止了他。我倒不是闻不了烟味,因为我也是抽烟的人。我只是不习惯在公众密闭场合看到这种行为,为此我被许多人批评矫情。有时候自己也觉得有点多余,可是看到这样的行为,不由得要阻止。他当时刚把烟点着,听到我说,有些迟疑地掐灭了烟,表情有些僵硬,还有那么一点点羞赧。

我打开双肩包,边取出开衫边冲他摇摇头。

"那是旅游了?"

我把开衫穿上,身上顿时暖和了些。我又摇摇头。

我们朝着镇子走去。他只背着个背包,那种很大的旅行包,我不知道他是本地人还是外地人。我的箱子在水泥路面上"咯噔咯噔"地响。

我有些不好意思:"箱子质量不好,老响。"

"这水泥路面,质量好的也响。我猜你也不是旅游来的,旅游的人,一般在七月份和八月份,那时候草好些,武川那头的油菜花也好看,希拉穆仁的草坡也好。现在九月份,天已经冷了,几乎就没人来了。"

"哦,是吗?"我发愁地望向镇子,心想会不会连个旅馆都没有,那我今晚住哪里呢?

"那你是干什么来了呀?"

我没有回答,因为我也不知道干什么来了。我本来是要去百灵庙的,他们说田小军可能在百灵庙,有人说在西河,还有人说在恒盛茂。我本来想着先去西河,可是没有去西河的大巴,只好先去百灵庙,碰个运气,实在找不着,再从百灵庙转西河,那里应该有大巴吧。

"你知道这怀朔有旅馆吗?"我们已经从公路拐入小径,路边的杂草已经不再翠绿,高高矮矮、杂杂乱乱地泛起黄来,就有了冷冷硬硬的意思。我光脚穿着板鞋,几丛草就扫到了我裸露的脚踝,一棵尖利的草划了我一下,我"啊呀"轻声叫出来。急忙低头弯腰,见脚踝骨旁边有一道口子,渗出血珠。他也急忙停下来,弯腰伸手就扶住我的肩膀:"怎么了?"

我急忙起身:"没事,草划破了脚。"

"我看。"他弯下腰,蹲下来,"哎呀,都出血了。"他顺手摸了摸我的伤口："我包里有创可贴。"

我的心突然软了一下，万分不好意思起来，连忙说"没事没事。"

他没理我，径自打开他的背包，取出一个小袋子，拿出一片创可贴。

我想从他手里拿过创可贴自己贴，便道："谢谢，我自己贴吧。"

他却熟练地撕开创可贴，再次弯下腰，蹲下来，小心地贴在我的伤口上。他的手有些粗糙，却温暖而厚实。贴完，还又小心地摁了摁，才站起来："以后到草地，不能穿这些七分裤，首先草地风硬，脚踝很容易受凉；其次，草地的草也硬，不小心就会划破皮肤。"

我这才认真地看了看他，应该三十七八岁的样子，皮肤黝黑，却泛着健康的光泽。脸上有些络腮胡子，并且不刮去。在我印象里，长着络腮胡子的人，都是凶巴巴的，可他那个严肃认真的样子，怎么着都不令人讨厌。

那个蛋黄般的落日现在已经流开，模糊一片，却使天边分外流光溢彩起来。我的恐惧之感也渐渐消失，怀朔镇是应该来的，毕竟北方汉子拓跋焘曾经在这里意气风发，金戈铁马。我或许就是因为这个才突然临时起意，决定在这个地方下车。

"这里有旅馆吗？"我问。我们已经走到了镇子里，然而我还没有看到旅馆。

"应该有,"他说,"这里每年都有旅游的人,虽然不多,总是有的,我和你一起找吧,你一个女人家。"

我笑:"谢谢你,没事,我经常一个人旅行。"

怀朔镇确实并不大,在一个视野开阔的坡上放眼望去,可以望到附近的村庄。街道就那么两条,横着一条,斜着一条,连接处是个商店,还是那种老的建筑,门楣上刻着"发展经济,保障供给"的字样,一看就是二十世纪七十年代盖的房子。只是旁边的小商店却很是时尚,红红绿绿地亮起了灯,门口摆着新鲜的水果和蔬菜。

他也笑了笑,一直帮我拉着箱子,和我一起找旅店。我也不再明确拒绝,这样的孤单旅程,有个帮忙的人,总不是一件坏事。这条斜街上倒确实是有几家旅馆,我选择了一个叫"百顺"的旅馆,因为它的灯笼是那种我喜欢的六面形的宫灯,所以我决定住这里。他帮我把箱子拉进来,靠在柜台跟前,认真地看着我登记好了房子。老板是个四十多岁的男人,戴着一副眼镜,是近视镜的样子,边登记边瞟了男人一眼问我:"就你一个人吗?"男人笑笑,摇头。我也朝老板笑笑:"就我一个人。"然后朝男人笑笑,男人也朝着我笑,竟然憨态可掬。房间在二楼,男人帮我把拉杆箱提到二楼房间门口,然后才离开。

送他出旅馆门的时候,天已经完全黑了。旅客应该很少,客房除了一间亮灯之外，其他的都黑着。楼梯上是我俩一前一后的脚步声，我似乎能听到我们各自呼吸的声音。怀朔的夜非常安静，除了一两个街道穿行的人和几只狗之外，什么声音也没有，空气冷而清冽，如一层薄薄的膜，覆盖在这个草原小镇上，我欢喜起来。我想掏出烟来抽一根，也给他一根，以表示我并没有对他在车上抽烟有什么恶意，然而手在包边摸了一下，就停下来。他走出大门，回头对我说："一个女人家，注意安全。"就头也不回地走了。

看着他从街角转过去，我就回到旅馆。旅馆房间的陈设很简单，一桌一椅一床。床倒是标准的双人床，床单也还干净，只是看着很久没有整理过的样子。没有整理也不是凌乱，是长久不住人的凄冷，让人感觉上面积了时光的薄尘。床对面挂着一个电视，由于壁纸灰黄，黑着的屏幕显得分外明亮。我看见一个女人在电视里来回动，鬼魅一般。我吓了一跳，一屁股坐在床上，被自己的旅行包硌了一下，我听见电视里的女人轻轻"啊"了一声。幸好因为房间小，床紧挨着墙边，紧张害怕中，我触到开关，"啪"地一下，灯就亮了，电视屏幕同时变得幽黑安静。我才想到我可能是自己吓着自己了，那个女人应该是我自己的影子。然而心有余悸，不再敢灭掉灯光。床的右上方墙壁挂着一幅画，是宾馆里常见的那种裸体女人手持陶罐倒水的图案，她丰满圆润的身体，让我的心安静了下来。

我把拉杆箱与背包放好后，肚子就饿了。想该不该出去吃个饭，因为旅馆老板好像说附近有许多吃饭的地方，言下之意是旅馆并不提供餐饭。然而我实在不想出去。怎么办？我打开背包，记得里面有一些饼干之类的食物。却意外地发现了两个苹果，想不起来是什么时候放进来的。由于害怕沉，所以我一般不买零食，尤其是分量重的水果。可是这两个苹果哪儿来的？我想不起来。在包头那几天，同学们多年不见，突然相聚，又唱又跳很是闹腾，云烟之过，具体什么都没有留下。是谁给我塞进来的呢？不知道。我想洗洗苹果，才发现房间里竟然没有卫生间。只好走出房门，还好，左侧就有卫生间。楼道里并不太暗，因为太阳落下并不久，夜色还没有多浓郁。从对面窗口望出去，原野上一片苍茫、昏黄，草色变暗变黑，有一些星星已经在明灭的云层里闪耀，静默而美。

我倚在门口，吃着苹果，盯着夜在外面一点点深入。楼梯口有沉重的脚步声，一下一下地上来，是老板。他不好意思地对我说："哦，你看，房间里没卫生间，给你一暖壶热水，你晚上就不必出来了。"我摸出两根烟，一根给他，一根自己点燃："哦，没事。"他没有立马走开，陪着我抽烟。他说："出来旅游？"我笑笑，没回答。他似乎没话找话："怀朔这个季节来，就有些冷了，不过有些人还是喜欢看这个秋后的景色。""苍凉之美。"我吐了一口烟圈说。

夜深些了，天空的星星骤然多了起来，反而寒凉而明亮。谁家的狗吠了几声，接着有几条狗也吠起来，彼此呼应着，使小镇有了片刻的嘈杂。狗吠停止，夜立马静下来，静得让人心慌。老板说："这也是你们外地人看的，让我们看的话，灰塌二虎，没个看头。"我把烟头掐灭："熟悉的地方没风景啊！"老板说："也是啊，有道理。"我握着烟头没处扔，楼道里看不到垃圾桶。老板看我这样子："随便扔下吧，我们会打扫的。"我笑，依然握着，冒出一句："你认识个叫田小军的人吗？"我被自己的莫名其妙给震了一下：这前不着村，后不着店的话，问得实在没意思。老板掐灭烟头，随手一扔："不认识，哪里人？"我为自己的失言有些羞赧："哦，没事，我一同学，达茂的。"老板说："不认识，给你打听打听，达茂我认识的人还不少。"我说："不用不用，我也是随口问问。"我打了个哈欠，掩饰自己的不安。老板转身下楼梯，一边说："你从里面把门插上，不过，我们这里很安全，再说，晚上十一点前，我们会关大门。"就嗵嗵地走下楼梯。另一个客房的灯依然亮着，由于离我的客房隔着三四个房间，听不到有声音。

回到客房，我把烟头扔到垃圾桶里。房间有洗脸盆，我去卫生间打了点凉水，和暖壶里的热水掺起来胡乱洗了把脸。虽然灯亮着，似乎还能感觉得到电视里有个女人窸窸窣窣，以及她轻微的喘息。转身看电视屏幕的时候，里面什么也没有。心里却并不特别害怕了，想着还是自己的影子吧！我没有在旅途看电视的习惯，与其看电视，还不如看路上的夜色，或浓或淡，或苍茫或精致，而电视节目，哪里都可以看到，不同地方的夜色却必须在不同地方体会，我想，如果没有远方的夜色，那旅行的意义该打一半折扣了吧？何况，现在信息发达，一个手机就可以通达世界。突然就想起，这里有没有Wi-Fi啊？看看墙壁上，也没有贴着有关提醒。算了，这几天忙着和同学们闹腾，手机里流量还不少。这才想起看看手机有没有电，打开手机，上面显示一条微信："你到了哪里？"手机电还不少，然而还是充些吧。床头有充电插孔，正好在枕头旁边。

  我脱掉衣服钻进了被窝，困意袭来。在包头待的那几天，几乎就没有好好睡觉，现在终于可以安安静静休息会儿了。我握着手机，并没打开。突然就想起那个同路的陌生络腮男，他去了哪儿呢？我什么也没有问那个络腮胡子男人，更没有试图了解他，有些小失落，又想想旅途遇到的人很多，随缘吧。然而他粗糙的手好像一直摁在我脚踝上，那感觉一直还在，如果顺着摸下去，仿佛两只手就可以握在一起。我下意识地顺下去，那个创可贴还在，我的手就停留在那里一小会儿。

  夜静极了，窗帘并没有拉得很紧，能看到窗外的天空中的云彩在流动，草原的夜就是如此奇怪，只要天空晴朗，就可以看到或浓或淡的云朵在穿行。有月亮的时候，月亮就在这些云朵下面，相互映衬地移动，轻得就像小姑娘的梦境。没月亮的夜晚，是无数的星星在云朵间闪烁。电视里又有了响动，依然是女人衣衫窸窣的声音。这下一定不是幻觉了。我感觉她从里面轻轻飘下，褪去衣衫，是那种罗衫，对！丝绸质地汉服样子、长裙广袖的罗衫。我屏住呼吸，有些害怕，又有些期待。我听到她轻微的喘息声，已经到达我耳边。她冰凉的手掀开我的棉被，那么凉的手，玉镯子般的凉。她爬上床，进入我的被窝，一只胳膊从我的脖颈下面伸入，我能感觉到她体贴地避开我的长发，以免拽疼我。另一只胳膊环到我的胸脯上，那么软，那么轻，像星光一样。我听到她轻轻呼唤："花铃，是我，我来了。"我想翻动身体，看看她是谁，那声音那么熟悉而亲切，遥远而切近，然而她星光般的身体仿佛有种魔力，让我无法动身。我试图睁大眼睛，却无论如何睁不开。我想伸出我的胳膊，也将她拥抱，然而也做不到。她的呼吸均匀而温凉地在我的耳边。"你是谁？"我问，然而我自己的声音也如此轻而低。她没有回答，但我仿佛听到她微微地笑，我甚至感觉到她的笑容是玉绿色，不，月白色的，上面撒着花瓣般的粉红。那分明是一朵花，在她的脸上轻轻覆着，不，轻轻飘着。我不知所措，我的胳膊紧挨着她的乳房，那里一起一伏，如水般荡漾。这种神奇的魔力让我无法动弹，渐渐，她的呼吸变得缓慢，均匀，我的呼吸也趋于均匀，睡意无法抵挡，我还是在她的拥抱中睡着了。

"走就走，老子怕你啊！"突然响起的声音惊醒了我，我下意识地摁着了灯。房间里"哗"一下亮了，光充溢了每个角落。哪有什么女人？被子边还是我胡乱脱下的衣服。我出了身冷汗，看来是梦魇了。然而楼道里的声音更响了："去你妈的，老娘不伺候了，从哪里来，到哪里去，你以为你是谁！"夜静，声音就分外清晰，仿佛是一个字一个字地扔出来，扔到我的耳朵里，估计也扔到老板一家的耳朵里。

我披衣坐起，楼道里有脚步声，还有一些什么东西扔出来的声音。我跳下床，从门口看出去，然而什么也看不见。但声音就是从隔壁不远处传来，估计是晚上看到的那个亮灯的房间。这时一个身影从门口飞快地穿过，接着就是急促的楼梯踢踏的声音，伴随着喊声："老板，开门，开门。"另一个身影也窜出来，却没有下楼，是个女声："走啊，有本事再也不要见我。"接着她就转回去，我听见很高的关门的声音，然后一小片亮光就消失了，除了我这里的灯光，楼道里再没有亮处了。

我不知道老板有没有给这个夺门而出的男人开门，因为没再听到大的响动。估计是老板收留在另外的客房了？这么晚了，他出去也不太会有住的地方，除非他是本地人，可是本地人还需要住旅馆吗？

我回到床上，电视屏幕黑幽幽，如镜子。我重新摁灭灯，再看电视屏幕，依然黑幽幽，偶尔有什么光打上去，亮那么一下。我点燃一根烟，将窗帘再掀开一点，天空中已经没有云彩，只剩下满天稠密的星星，安静而孤寂地发着疲倦的光。香烟的气息让我安静下来，我想起我这是干什么来了呢？怎么就到了这么个地方？

　　田小军在哪里呢？我到底要找他干什么？甚至田小军是谁，我都有些怀疑，隔了二十多年的时光，谁知道呢？从家里出来的时候，我就是一个念头，我想见见田小军，他到底变成什么样儿了？二十多年没见，还是那么瘦，那么高，还是架着一副高度近视眼镜吗？还是那个热心可爱的少年吗？他还保存着那套《铁臂阿童木》吗？可是这些都那么重要吗？如果不重要，那我此行的目的就是语焉不详的，就没有一个依据，没有依据的旅行是旅行吗？然而夜色如此迷人，前路如此不确定，就如今天我本来并没想到要在怀朔下车，可是偏偏在这里下车。那就这样语焉不详吧！突然有些期待，明天我又会有个什么样的决定呢？我抱住膝盖，身子在白色的被单上，形成一个模糊的光影带，此刻也那么地具有模糊的诱惑力。我的手碰到脚踝处，那个创可贴还在，我轻轻摸着。

一团火焰

草地的早晨确实美不可言。

我把自己包裹得厚厚实实，因为我知道草地的一早一晚会很冷，虽然"早穿棉衣午穿纱"稍显夸张，却也差不了多少。我掀开窗帘，看到夜色开始消散，我就起了床。楼道里黑乎乎的，只有我房间亮着灯，四周静悄悄的，能听到我自己的呼吸声。我刷牙、洗脸、抹油、翻拣衣服、整理皮箱，然后穿扮好，看了下手机，还不到六点。出门时我下意识地看看电视屏幕，黑幽幽的，安静如夜，只有灯光在上面闪烁，能看到我自己的影子与飘动的头发。

下楼的时候，听到老板的房间有响动，接着是他的声音："大门钥匙在我房间的窗台上，那块破抹布的下面。"声音里满是睡意与床铺温热的气息。老板估计是早听到我起来的动静了，这么大的院子，旅客如此之少，哪块有个动静是很容易听到的，何况有如此安静的草原背景。

小镇还没有醒来，我独自穿行在小镇的街道，房屋矮小，只有零星的几幢楼房，都是那种六层的老样式，丝毫遮挡不住我的视线，然而我还是顺着街道朝镇外走去。天边的云彩起先是浓暗发蓝的，是夜在褪去。接着渐渐变得轻起来，像被滤去了什么，颜色是浅蓝色，边缘开始泛起红来，不动声色地翻卷，是太阳要开始出现的样子。

我已经走到镇外，虽然穿得厚实，却还是寒浸浸的。"你该多穿点衣服的"，我回头望望身后，小镇被我甩了很远，旷野上空无一人。我把衣服往紧掩了一下。鞋却是湿了，露水那么大，每走一步，水珠就落下一大片。幸好是运动鞋，水不太会渗入鞋里，然而湿意还是侵入了脚，进而进入身体。几只乌鸦停留在电线杆上，间或飞起，"嘎嘎"叫几声，再次落下，它们并不飞很远。天边的颜色再次变淡，成了乳白色，红色扩散，颜色也变淡，整个天边变成绯红色，继而发亮，发亮，成为白色，太阳喷薄而出。那些绯红被一下子推到半空。好像哪里有马的嘶鸣，接着是马蹄踩踏溅起的声音，草地苏醒。

我被美与秋寒惊到了，完全忘了露水还很深重，坐下来，坐在草地上。为什么要走呢？住下来多好。手又碰到脚踝处，我掀开裤脚，创可贴不知道什么时候掉了，肉皮上是一小块长方形的印迹，我把裤脚褪下来，小心地盖上去，生怕惊动了什么、失去了什么般地小心翼翼。

　　返回的时候，怀朔的上空就开始有了炊烟。老板正在院子里忙乎什么："这么早，冷了哇？"我搓搓手，表示很冷。他告我："一会儿你出去右拐，有一家卖饭的，他们家的饭干净。"我点点头就上楼，我得赶紧回被窝暖和暖和，觉得寒冷已经进入骨头，必须一点一点地把寒气逼出去。老板在背后又说了什么，我没有听清楚。却在卫生间遇到一个女人，她在卫生间洗脸。听到我进去，转过头来，看向我，一脸笑容。是一个很漂亮的女人，一条长辫子随着身体自然摆动，油光水滑，身材不胖不瘦，虽然皮肤微黑，却紧致有光泽。她有些不好意思："你回来了？"一定是昨晚吵架的那个女人。我笑笑，装作什么都不知道的样子："哦，你也住店？"她已经洗完，端着脸盆走出去："是，我就住你隔壁。过来坐坐？"我胡乱"嗯"着，上了厕所。她已经回房，我也赶紧回到房间，脱掉外套，钻进被窝。手机兀自发光，我一般都把它调到静音。打开手机，一大片红点，是群消息。还有一条信息："嗨，玩儿疯了吧，也不回个信息。"我有些懊恼，把手机一丢，这些无聊的东西！

　　身体渐渐回暖，困意就又袭来，却听见敲门声。我想，怎么会有敲门声呢？

　　"姐，在吗？"是刚才那个女人。

"在呢，稍等。"我一边从被窝里钻出来，一边穿衣服。打开门，她笑吟吟进来："哎呀，姐，你又睡了？不好意思啊。"

我请她坐下："没事，你坐，你看我乱七八糟的。"我倒是为我自己的手忙脚乱不好意思起来。

我给她倒了杯水，她拿起来小口小口地抿着喝："你一个人？"

"嗯。"我点头，坐在床边收拾衣物，却看见那一小片创可贴掉在床单上，我把它捡起来，顺手装到化妆盒里。

她又问："哪里人啊？出来旅游？"

我翻弄着化妆盒："山西人。"

"哦，你也够胆儿大的，敢一个人出来？"

我笑："姐不也一个人吗？"我也称呼她姐，我觉得我俩年龄不分上下，叫个姐比较合适一些。

"哪里，我不是一个人，"她把水杯放下，看着我笑，"昨晚难道没有吵醒你吗？"

"哦，听到了，你们夫妻也够有意思，出来还吵架？"我盯着她的眼睛。

"哪里，我们不是夫妻。"她的眼神有些黯然，也有些小小的温情在跳动。

其实我也猜着了他们不是夫妻，然而她的明朗与坦率还是有些惊到我。楼道里有脚步声，接着是大声地呼唤："秀姑，秀姑……"

她一边笑着说："这个王八蛋！"一边冲外面回答："在这里呢！"她没经过我同意就起身打开门，让那个男人进来。我有些小不快，然而只能这样了。男人裹挟着一股凉气，就进了门。看着倒是个文静的汉子，和昨晚怒喊的声音完全不同。我只好请他坐在床边，他说："你好。"秀姑对着我笑："就是他，老柳。"我拿出烟来，抽出三根，给他俩。老柳诧异地看了我一眼，接过去。秀姑笑着使劲儿摆手："你还抽烟啊，我不抽。"老柳掏出打火机，给我点燃，又给他点燃。房间里就弥漫了香烟的气息，我的不快被烟香冲淡。老柳只抽烟不说话，我也不知道该说什么，完全不认识的人，不知道如何开口。心里想着你俩赶紧走吧。秀姑看看我，又看看老柳，再低头看看手机，笑着说："不早了，也八点多了，咱出去吃饭吧？"老柳说："嗯，走。你也一起去吧？"我说："不去了，你们去吧。"秀姑却过来拉我："姐，反正你也一个人，怪闷的，走吧。"我无法拒绝，只好说："好吧，我收拾一下。"秀姑一边帮我拿东拿西，一边问："哎，姐，你叫什么名字啊？"我把行李规整到拉杆箱与背包里："哦，花铃。"秀姑又咯咯地笑："真好听，你的名字，像小铃铛。"这个女人真是爱笑，笑起来有种清澈明晰的美艳，是，美艳。

秀姑拉着我的手，她的手有些粗糙，尤其手掌的指根处，

一团火焰　017

有明显的老茧。身体却像个小女孩，非常轻盈，下楼梯简直是跳跃着的。由于穿着大红色的毛衫，像一团明亮的火焰，闪烁在我身边。老柳跟在我们身后："秀姑，你看你那样子吧，不能稳重些？"是嗔怪的语气。秀姑朝后扔了一句："我就这样，不想看别看。"老柳在背后好脾气地呵呵笑："我是怕你摔倒，还不领情！"老板站在阳台上刷牙，嘴边满是白沫子，看着我们出来，想说什么，满嘴泡沫，却无法说出。我想等等，听他说什么，秀姑已经拉着我风一般地从旅店大门出来，朝右拐出去，很熟悉的样子："老柳，咱就到旺子那儿吃吧，你不是喜欢喝他家的奶茶吗？"然后朝向我："姐，你能吃蒙餐吗？这家蒙餐好吃，又干净。"我笑笑点头。

饭馆是一间并不大的门面，门脸却很干净。没有多余的装饰，干干净净是原来房子的青砖，露出风雨冲刷的旧模样，只在门头上挂着个牌匾："拓跋蒙餐"。牌匾是新的，整个镇里应该是统一的，因为整条街的商铺都是这样的牌匾，连我住的百顺旅馆都一样，是横条镂空的红色底子，挂着白色的大字。很干净的样子，想来早晨店主介绍的就是这家。

店主是一个二十多岁的年轻人，朝着我们笑："老柳，哟，又带一美女。今早吃什么？还是原样？"然后朝秀姑狡黠地笑："秀姑，今儿打扮得越发喜人！"从后间出来一个秀气的年轻媳妇，怀里抱着个小姑娘，她一边把小姑娘放地上,一边对着店主嗔怪:"不会说话就不要说,人家秀姑哪一天不喜人?"小姑娘走得并不特别稳,秀姑一把抱起,使劲亲着小姑娘的脸,并招呼我们一起坐在餐桌前。

老柳坐下说:"旺子,先来一壶茶吧。"叫旺子的店主答应了一声,就回了厨房。老板娘将餐具一一摆开来,对着秀姑说:"秀姐,你把她放下来吧,小心她踩脏了你衣服。"然后给我们各自倒了一杯开水:"秀姐,这个姐姐是?"秀姑小心地把小姑娘放到地上:"老柳的三老婆。"说完冲着老柳笑。我万分不好意思起来,怎么可以这样说?我和你们又不熟悉!只好不自在地抽出根烟来,也不让给别人,独自点燃,让烟雾掩盖我的不快与尴尬。

老柳看了看我,大概看出我的不快:"秀姑,你看你说得甚?人家能跟你一样了,疯惯了!"秀姑朝向我,一脸娇笑:"姐姐,我开玩笑呢,你不会介意吧?"我被她的表情萌到了:"不会,不会,怎么会呢?"老柳看着我,手伸向秀姑,要摸向她的头发,我能看出老柳手指间的怜爱。然而秀姑却躲开:"少来,昨晚凶我的时候,你怎么不这样啊?"老柳讪笑:"你像个母老虎,我怎么敢?"说着向我小心解释:"秀姑一般还是很温柔的。"我笑,这个男人!秀姑瞪向他:"我是个母老虎,你也不是个好东西,说话不算话的东西。"老柳赶紧用眼睛示意阻止秀姑:"好好好,我不好,咱先吃饭好不好?旺子,快了吗?"他扭头朝后间喊。老板娘出来,

一团火焰 019

对着老柳说："柳哥，这次肉干多加点？今早起晚了，没来得及备好料，你们稍等等啊。"不等老柳回答，秀姑就回答："一定得多加啊，没看见多了个人吗？奶酪奶豆腐也多加点。"老柳在旁边点头，满脸宠溺与无奈。老板娘又说："秀姑姐，吃麻花还是馒头？对了，这段时间我腌的咸菜正发得好，要不吃馒头吧？"秀姑点点头。老柳说："行，秀姑一直说你腌的咸菜好吃，说去年你给了她不少呢。"

老板娘走向里间，端着一个大盆出来，里面确实有不少奶制品与肉干。老柳说："花铃，不知道你吃惯吃不惯？"我已经吸着了第二根烟，一直尴尬地处在秀姑与老柳之间，不知道该怎么说，根本没在意吃惯吃不惯的问题。我看了看盆里面的东西，有些惊讶："咦，不是喝茶吗？"秀姑就笑了："姐，这就是要喝茶啊，但不是你所认为的茶水，是一种奶茶泡奶食的吃法，要不叫早餐呢！"她有些小得意："姐，外地来的人，是不熟悉呢。不过你一定吃得惯，因为很好吃的。"我掐灭烟头，笑笑："应该行吧，我不挑食。"旺子提着一个暖壶出来，将水倒入放奶食的盆，乳白色的液体，是奶茶。大概是沸水，水冲下去的时候，里面的奶食被冲开，翻卷着，一股浓郁的奶香味四溢开来，我吸了一下鼻子，真香，人也顿时暖和了许多。

老板娘端上一盘馒头，一小碟咸菜，咸菜红红绿绿紫紫，颜色鲜艳而清爽。秀姑迫不及待夹起咸菜，吃了一口："哇，好吃。"老板娘说:"我就知道你爱吃。"又用小勺子给我们的碗里盛奶茶:"这位姐姐,你也吃啊。"我点点头,端起碗,是很精致的小碗,有着褐色的"卍"字纹,我心里欢喜起来,我太容易被这些小玩意儿打动。我拿小勺子舀起,喝了一口,咸咸的,很香。里面正好有一小块奶酪,吃到口里,软软的,韧韧的,浓香。我不断点头,这草原的食物,真是棒极了。小时候在这块土地生活,怎么竟然没吃到如此好吃的东西?想想觉得悲伤,那时候生活有些艰难,而且西河当时属于半农半牧的,这样讲究的蒙餐,是无论如何吃不到的。

秀姑对老板娘喊:"旺子媳妇,今年的咸菜更好吃,辣辣的。"这一喊不打紧,被呛了一下,秀姑就咳嗽起来。老柳一边拍着她的背,一边嗔怪:"你慢点,好吃也不能着急啊。"秀姑的脸被呛得通红,我端起她的茶,示意她喝一口缓缓。老柳接过去,送到她口边,却被秀姑一把推开,秀姑的泪水就流了出来。老柳有些张皇:"你喝点茶。"秀姑又推开,哭出了声。我想,这要被辣到什么程度啊?好不容易止住咳嗽,秀姑才端起茶,喝了几口。然而她还是哭。这下老柳更不知所措,只一个劲儿低头喝茶吃饭。秀姑的眼睛红红的,不好意思地看看我,眼泪却又不停落下来。

旺子走出来,一边嗔怪老婆:"你说你腌那么辣干什么,你又不是不知道秀姑姐不太吃辣?"一边不停地道歉。秀姑不接茬，只是不时用眼睛瞪老柳。旺子看出了什么："老柳，不是我说你，你也对秀姑姐太不负责任了。"老柳看看我，看看秀姑，着急要对旺子说什么。老板娘出来了："旺子，赶紧去厨房处理肉去，小心煮过了。"是责备阻止的口吻。然后对着老柳说："柳哥，都是我的错，这次买的辣椒，是那种小尖椒，没想到这么辣，不好意思啊。"一边又抚摸秀姑的背："姐，过两天，我重新腌一些，你再来的时候带回去。"秀姑已经止住泪水，笑着说："不是很辣，只是不小心呛到嗓子眼。我是想到老柳这个王八蛋就生气。"老柳讪笑，对我说："秀姑就这脾气，小孩子似的，一会儿阴一会儿晴的。"秀姑嗔他："我知道，你就是这样骗小孩子的。"我夹在这中间，不知所措，只一味吃东西，好吃的食物，掩盖了我的尴尬与不自在。

吃过饭，我准备去结账，这萍水相逢的，让别人出钱，很不好意思。然而秀姑看出我的意图，拉着我朝外走："让老柳结，哪有女人结账的呢，你傻啊？"我有些惊讶于秀姑的这逻辑。老柳也说："和女人吃饭，结账是男人的事。"他走向吧台，老板娘也说："姐，结账是男人的事，你别多心了。"我只好被秀姑拉着走出了店门，心想，这都什么事啊，这旅途也够有意思的。

回到客栈，老板坐在门口晒太阳，旁边蹲着一条狗，是一条"拉布拉多"。看到我们，他把狗送回狗窝，我这才看到院子东北角有一个很大的砖砌狗窝。秀姑挎着老柳的胳膊，紧紧偎依着老柳，小鸟依人的样子。老柳对老板说："退房。"老板笑笑："再住几天吧，忙甚？"秀姑摇着老柳的胳膊："我不想回去，我不想回去嘛！"老柳对老板说："已经三四天了，我得回家了，再说，要上班，要给我儿子跑工作了。"秀姑的眼圈又红了："我想住嘛，你就不能请两天假？"老柳一边接过老板的账单，一边面无表情地说："已经好几天了，我也得上班啊，我儿子的事耽误不了的。"秀姑闷闷地走向楼梯，我看见她的背影有些单弱与无助。老板接过老柳的钱："哎，你也要想想秀姑的可怜啊！"老柳望着秀姑的背影，继续面无表情："我也没办法啊，我儿子的工作找了人，我得去办事啊。管她呢，她一会儿就好了。"不知道为什么，秀姑的背影消失在楼梯拐角的时候，我的心莫名地紧缩了一下，隐隐地疼。

　　我想回房去休息，本来晚上就没休息好，早晨又挨了冻，加之一吃饭我就犯困，睡意就浓重地袭来。老板却拉住我说："哎，妹子，你不是要找达茂的田小军吗？我给你找到一个，应该是他。"我有些吃惊与小欣喜，这个老板是个有心人，我昨晚就那么马马虎虎一提，他竟然记住并且打问了。我赶紧问："在哪里啊？"他说："在白灵淖。"我有些摸不着头脑，天，白灵淖是个什么地方？他看出我的疑惑："在怀朔西面了，也不远，也就是个十四五里路。"我自言自语:"这我该怎么去呢?"他说:"也是啊,你去不了。"我问:"那田小军在白灵淖做什么?"他说:"说是开的珍珠岩厂,加工珍珠岩了。"他又说:"你能骑得了摩托车不?"我摇摇头。他叹了一口气:"那就没办法了。"我有些小失望,主要还是有些困,这个消息暂时不太能让我兴奋。我打着哈欠,朝楼梯走去,我得先休息,万事等我睡觉起来为好。老板看着我打哈欠,没说什么,默默回了屋。

我转回楼梯拐角,碰到秀姑正从楼上下来,眼睛红红的,给我一个拥抱,温热的身体小猫一样柔软。我也紧紧抱住她,突然觉得她好熟悉,像是我失散了多年的姐妹。我在她耳边问:"你准备回家吗?"她有些哽咽:"嗯,我家就在卜塔亥,离这里不远。""那老柳呢?"她松开我:"他在固阳,是检察院的。"大门口传来车喇叭声,秀姑说:"我要走了,姐,你不走的话,来串门啊。"我点点头,望着她从楼梯下去,依然是一团火,但流动缓慢,像火苗微微晃动。不知道为什么,我突然紧走几步,追下楼梯:"秀姑,你要爱自己。"我以为自己是大喊的,然而声音却很轻,像没有说出口。秀姑转过身来,我上前抱紧她,听到她喘息和哽咽的声音。老柳继续摁喇叭,秀姑松开,从大门走出去,我像看着一团火熄灭一样,看她消失。

回到房间,我的行李整整齐齐放在桌子边,被褥也被收拾齐整,床铺干干净净。我摊开被褥,没脱衣服整个身体瘫入床铺。我的泪水也来了,莫名地来了,像河流一样。哪里有音乐传来:"在那风吹的草原,有我心上的人,风啊,你轻轻吹,听他忧伤的歌;月亮啊,你照亮他,火光啊,你温暖他。"我慢慢滚动身体,用被子一点一点裹住自己,伴着这歌声,仿佛歌声也随着被子裹住了我。我沉沉睡去,恍惚中又看见一团跳动的火焰,一点一点缓缓熄灭。

田二军

　　我感觉到有一只猫卧在我肩膀旁，柔软而温暖，甚而有些灼热；又仿佛是昨夜那个女子，是她柔软的胸脯，抵靠着我肩膀，我能听到她乳房的血管里血液细细流淌的声音；又仿佛是一团火焰，是秀姑大红毛衫般的火焰，熊熊燃烧。有些热，我沉溺其中又想挣脱，正纠缠之中，欲罢不能，就听到敲门声。骤然醒来，原来是阳光从窗玻璃一股脑地洒入，毫无遮拦，正好晒着我的半个身体。我伸手摸摸肩膀，衣服都是发烫的。心里有些好笑，我这个梦啊，做的也真够神奇！门还在被敲响："喂，妹子，你不是要找田小军吗？我带你去吧。"是老板的声音。我推开被子，下地打开门。老板站在门口："妹子，我带你去吧，我骑摩托拉你。"我有些不好意思："这怎么好麻烦你呢？况且，你也要打理你的生意。"他笑笑，很腼腆的样子:"没事,反正也没有客人,我待着也是待着,再说,即使有客人,也在晚上来。"我连忙表示感谢:"那谢谢你,我出钱,按出租的钱给你。"他转身往下走:"说得些甚了,路又不远,一脚油门的事情。那你收拾一下,我在大门口等你。"说着就下了楼。我带什么呢?拉杆箱就不用带了,那么重,摩托车也驮不了。那就拿背包吧,我拉开背包,检查了一下,差不多都是需要的。还好,不用特别收拾。我把充电器从插口拔下,摸了摸衣兜,手机在,才想起该留个秀姑的微信。我背着背包下了楼,老板已经在大门口发动了摩托,摩托车兀自"突突"地响,他站在大门口,示意我出来,他得锁大门。这个季节游客确实太少,从昨晚到现在,只看到秀姑和老柳,再没人出现在客栈。对了,昨晚同行的那个男人呢?

我坐在后头,他一边踩油门一边说:"你抱住我,你别看今天阳光这么好,风其实很大的,尤其骑着摩托,那风啊,能把人吹跑。"我只好轻轻地搂住他的腰。车子一下射出,风果然"呼"一下,我赶紧用力抱住他。他没说错,这里的风就是大。草原的风光很美,虽然秋风萧瑟,但丝毫影响不了风景的广阔与壮美。我们朝西驰去,由于顶着风,我把脸缩在他后背,看见草原上的芨芨草在风中朝东南倒伏,很微小地一浪一浪,像人们细小的心事。我为自己的这个想法开心,每个人的心思都很细小,不用心是无法感知得到的。那田小军在吗？他变成什么样子了？还是那样瘦瘦高高吗？还是戴着高度近视眼镜吗？还会对女孩子细声细气地说话吗？

风从耳边呼呼过，我看见一群羊散落在草原上，一个牧羊人坐在一个小山包后面，吸着烟的样子，他前面是连绵不断的草坡。摩托车在下坡的时候，由于有个沙窝，车子扭了一下，差点摔倒，我尖叫了一声。还好，老板的力量够大，用力一侧，从沙窝里出来，稍作减速，就又冲了出去，我却因自己的尖叫不好意思起来。老板把车速又调快，仿佛说了句什么，但风太大，那话一出口，就被风带到不知何处，根本没在我这里停留。我只好假装听到了，"嗯嗯"了几声，估计他也没听到，话都是被风刮向相反的方向，不见影踪。

不一会儿，一个村庄就出现在我们前面，我想应该就是了，因为老板说并不远的。果然，他调慢车速，朝进村的路口拐进去，车速越来越慢，我听到他说话："就这里，这就是白灵淖乡。"车停到村口，我跳下车来，风也好像立马变小，几乎是没了的样子。我整理了一下头发，老板看了我一眼："忘了告你，应该围个围巾，我老婆骑摩托就围围巾，要不这风，能把人吹死……"话好像没说完，他突然闭嘴，眼神里闪出一丝不易察觉的神伤。我有点好奇，他的店里，我一直没见他老婆，对呀，他老婆干什么去了？停顿了那么几秒，他才说："你在这儿等的，我给你问问，看田小军住在哪里？"我说："我陪你吧？"他已经大踏步走开："不用，你歇歇。"

我只好看着他的背影，待在原地。

村庄并不大，房子大多是泥房子，有个别砖房，在里面很显眼。村庄里不太能看到人影，想必村子里人不多，倒是能听到一两声鸡鸣狗叫。我看见村庄的西北面有一处白白的地方，像是堆积着什么。一个巨大的机器，在嗡嗡作响，能看见翻起的白雾。对了，老板不是说田小军是开珍珠岩厂的吗？难道这是田小军的厂子？我心里有些不自在起来，忐忑与不安升起。我找田小军到底干什么？不就是当过一段时间同学吗？那时候又那么小。哎，我这是干什么吗？只因为他善良吗？只因为他保护过我吗？只因为借给过我一套《铁臂阿童木》吗？这种事情，在小朋友之间不是常常发生吗？我这是发的哪门子神经啊？过了这么多年，田小军还认识我吗？再说，找田小军完全可以向同学们打问，现在联系方式那么多，何必这样大费周章！突然懊恼不已，为自己的不靠谱神经质想法后悔自责。我真后悔告诉老板，我要找田小军这个人，我这不是给自己找事嘛！

胡思乱想到不能自拔的时候，老板走出一家院子，朝着我走过来。我非常希望他带来的消息是田小军不在，或者说这里就没有个田小军。老板老远就说："田小军出去了，一会儿就回来，他老婆在了。"我的心一下落到底，不是踏实地落，是灰心丧气地落。天哪，田小军在啊！我该怎么面对他啊，他认识我吗？我们还有共同话题吗？这不同于一大群同学相聚，可以天南海北乱侃。再说，他不在，我和他老婆怎么说，说我是田小军同学？他老婆要是问我找田小军干什么，我该怎么回答？天，这多么难啊！我甚至想对老板说"咱回去吧，我不找了。"可是这怎么向老板开口？老板已经推动摩托，示意我坐上。老板很兴奋，大概觉得他没有白跑："我还不认识田小军了，就是听人家说，他加工珍珠岩了。"车子慢慢行驶，他用下巴指着那个正运作的白色工地："他们说，那就是田小军的珍珠岩厂。"我不知道说什么好，默默地，想该怎么与田小军和他老婆交谈。反正箭已经在弦上了，该怎么就怎么吧。这样想，我的心就稍稍放松了一些。

　　车子停在一间砖房门前，我跳下来。老板把车子放好，去开大门。大门从里面关着，需拉动门闩才能打开，不过没锁，很轻松就可以打开。随着门打开，突然有狗疯狂地叫起来，我这才发现大门左侧拴着一条大狗，很凶猛地一边叫，一边跳，像要挣脱绳子的样子。我拉着老板："走吧，咱别进去了，我有点害怕。"老板大笑："它拴着呢，咬不了咱，再说，你远远路程来找人，因为一条狗就不见了？"我有些讪讪的，老板真是个认真的人啊！

　　随着狗叫，房门也打开了，出来一个妇女，大声呵斥："赛虎，别叫！"她跳下台阶，大步走来："你们找谁啊？"狗还在扑咬，她过去一把拽住狗绳子："悄悄儿些哇！"然后转过来，一脸微笑，是个慈祥的女人，但有些苍老。田小军女人怎么这么老，难道田小军也变成这么老的样子？不知道是女人的笑容，还是女人的年龄，我突然很放松，觉得我怎么这么纠结，不就是见一个同学吗？有什么可忐忑的。老板说："我们找田小军。"妇人拉着还试图想扑出来的狗，示意我们往回走："小军不在，他出去了，一会儿回来，你们先进屋。"那狗的样子确实也够凶猛，我几乎是跑着进了她家门，老板和妇人随后也进了屋。她很热情地给我们让座，并给我们倒了茶水："你们找他有事？是珍珠岩的事吗？"老板看看我，我看看老板，不知道怎么开口。老板只好说："我们是田小军同学，想见见他。"真是个聪明的男人！这话由一个男人说出口，好多了。妇人说："哦，我给他打电话，应该快回来了，你们先喝点水。"她拿起电话，走回里屋，我听见她和丈夫的交谈声。他和田小军通话后，走出来，说："你们稍等，说是马上进村了，我去给你们做饭，他说，要和你们喝酒呢。"我连忙说："不用不用，不麻烦了，我们见见他就走。"老板瞟了我一眼，有些疑惑，然而他什么也没有说。妇人已经走进厨房："说甚了，已经是饭时了，哪有不吃饭的理。"

　　厨房与客厅隔着大大的玻璃，能看见厨房里也很干净。我这才注意到，他家的地板是地板砖，这在农村，打扫起来是很麻烦的，因为院子里都是土。然而他家的地板干干净净，能照出人影。妇人在里面忙活，一边招呼我们喝水："喝点水，你俩叫什么名字，他的初中同学？"我看看老板，老板不说话，我只好说："是。"妇人笑："他也就只有初中同学，可是我怎么没见过你俩啊？"我喝了口茶水："我是从山西来的，初中我转学走了，再没有见他。"我不知道该怎么再说下去，就只好又喝水。老板接茬了："她这次是来旅行，听说小军在这里，就顺道来看了。"妇人抬头看我，满脸笑意："你是有工作的吧，这么年轻，细皮嫩肉的。"我有些不好意思："嗯，有工作，不像你们，风吹日晒，我们待在屋里，风吹不着，雨洒不着，所以貌似年轻一些，其实咱们一样。"嘴上这样说，心里却觉得自己多么假，田小军老婆看起来要有五十岁的样子，无论如何比我老多了啊。妇人倒不在意："是啊，你叫？"我说："我叫花铃。"妇人说："好好听的名字，没听小军说过，他的同学也经常聚，没听到提你。"我有些黯然，看来田小军把我忘了。妇人又说："这个小军，粗心大意，这么漂亮年轻的同学，竟然不提。"说着她自己就笑了，老板也"呵呵"笑。我也笑："说明我不漂亮嘛，漂亮的话怎么会忘呢，可见你是抬举我呢。"这样的切入，如此轻松，刚才纠结那么多，真是自寻烦恼。

妇人又问老板："你是？"然后疑惑地瞅瞅我："你们是两口子？你也是山西的？"老板看看我，拿起水喝，定了一会儿才说："不是，不是，他是我店里的客人，我是怀朔的。"妇人在洗菜，水"哗哗"地响："我就说嘛，你看着就像咱这里的人。"又笑："那你也是小军同学？"老板说："不是，我是在怀朔开的个旅店,花铃住我那里,说要找个叫田小军的,我问了下,说是你家,今天就带她来了。"我看着老板笑,老板也心领神会地笑,三分腼腆,七分狡黠。

大门外有车响,估计是田小军回来了。我站起来,老板也站起来,朝外望。妇人从厨房出来一边用围裙擦手,一边说:"小军回来了。"我的心再次提起,刚才放松的身体,立马绷紧,田小军是什么样子了?他认识我吗?从大门外进来三个人,一个二十多岁的样子,另两个人显得老点,五十来岁的样子,一胖一瘦。我的心提到嗓子眼,这两个哪个是田小军啊?怎么都好矮,怎么都不戴眼镜?田小军是高高瘦瘦的样子,且高度近视啊!岁月啊,真是把刀,刀刀割人,愣把人给割矮了?要不就是当时我也小,看着一个子大点的,就以为是巨人,说不定其实并不高呢?但这胖子是,还是瘦子是呢?我心里转着无数个念头,却无论如何也不能把少年田小军与这两个人联系起来。

三人裹挟着外面的冷风进了屋,胖子使劲盯着我和老板,一脸蒙圈。想来应该这个是田小军,和以前的田小军完全不一样了。我记得少年田小军是细细的单眼皮,眼波清澈润泽,带着少年的忧郁。这个田小军是双眼皮,大眼睛啊。我心里暗叹:"岁月啊,岁月啊!"我伸出手,伸向他:"小军,你忘了,我是赵花铃啊!"他握住我的手说:"我怎么一点也不记得咱班有个花铃了?是不是囡囵点力素那个?"看来田小军完全忘了我:"你忘了,我是哈达图的。我念了一年就转回山西了。""啊呀,我一下也不记得班里有个女生转回山西。"那个瘦子笑:"那是因为你那会儿没长全,要是长全了,女同学,你还能记不住了?"他这样一说,我们都笑了。但我们都不知所措,记忆互不搭边,看来得好好捋捋。

我们坐下来,互相看着,真的与以前连不起来。田小军拍拍自己脑门:"真他妈的老了,记不起来。娟儿,赶紧做饭,我们好好唠唠,同学们见一回不容易。"小军老婆麻利地回到厨房,一边说:"你就是老了,你看你同学,看起来像三十多岁。"倒是旁边的那个瘦子一把握住老板的手:"六子,怎么能在这里见到你?"老板说:"我也是嘛,咋就在这里见了你。"原来两人是一个村的。田小军说:"想想咱们乌兰那会儿,都是些小娃娃,现在都是老婆老汉了?"我一头雾水:"咱们那会儿是西河,不是乌兰,我没在乌兰念过。"他瞪大了眼睛,旁边的老板与瘦子也瞪大了眼睛。田小军有些恍然大悟,他站起来,跑回里间,拿出一本相册,打开,给我看一张泛黄的集体照。我也有些醒悟,难道是弄错了,此田小军非彼田小军?我拿过相册,照相上方写着"1983届乌兰中学初三毕业留念"。我有些哑然:"老田,我们弄错了,我们不是同学。"他哈哈大笑:"我就是说嘛,保养得再好,也不可能看起来比我老婆要年轻十来岁的样子啊。"我站起来:"我是西河读的初中,86年入学。"老田说:"这就对了嘛,你就是比我们小了好多啊。"老板见我站起来,也站了起来:"不好意思,都是我的错,我问别人,说有个田小军在白灵淖,就当真了。"我说:"实在不好意思,打扰了。"然后转向老板:"那我们走吧。"瘦子一把拉住老板,几乎同时老田一把拉住我:"做甚了,做甚了,买卖不成仁义在,你们已经进了我家门,也是咱们的缘分,吃了饭再说。"瘦子也说:"六子,你看,这也是巧呢,没这个误会,咱俩还见不到了,就在军哥家吃饭吧。"老田老婆娟儿举着个面手,也出来,哈哈笑着:"我也是奇怪呢,老田的同学,我差不多都见过,怎么偏偏有个年轻的,我就没见过?"瘦子又打岔:"你是不是还想,这老田是不是专不让你知道这个年轻的了?"娟儿笑:"那倒没有,他有贼心,没那贼胆。"老田呵呵笑:"娟儿,多炒几个菜,咱喝几盅。"然后把我和老板六儿硬摁到沙发上。我不好推脱,也觉得这氛围挺好,就安静坐下来,这真是奇妙。六子很高兴,拉着瘦子说长说短。我说:"老板,你不担心你旅店吗?"他看也不看我:"管尿它的了,今儿这情况高兴,和老关子竟然见了个面,好多年不见了。"

　　我又低头看那张相片,我一个也不认识,也不可能认识,看着那些鲜嫩的面孔,心里有些怅惘,却觉得无比熟悉。仿佛有一缕风刮过,我看到相片中的人活动了起来,然后化作背景,此田小军与彼田小军,在风中穿过原野,奔跑着穿行在过去青翠澄澈的岁月中。定过神来,我在相片中找寻老田,却没找对。老田说:"就是老了,你看那个大眼睛、浓眉毛的帅小子就是我。"我在照相的最后一排找到了老田,一脸稚气,眉宇间都是生活的空白,后路有多长,就有多长的空白,多么美好诱人的空白。

老田摩挲着相片:"那会儿真好了,那么小。"他突然想起来什么,对我说:"我应该一开始就知道你不是我同学的,因为我在学校里,当时不叫田小军,我叫田二军。"我有些疑惑,他说:"我是毕业后,人们才慢慢儿叫我小军的。"我问:"为什么?"他有些伤心:"我弟弟叫小军,后来他死了,爸妈就慢慢儿叫我小军,别人也就跟着叫了。"他又看看我:"我弟弟小军也不是你同学,他小学毕业就不念书了。"我揪着的心放了下来。他又指着那个浓眉大眼的少年田二军说:"你看,活脱脱一个三军。"他看我惊讶:"哈哈,三军是我家儿子。三军,三军,让阿姨看看。"我这才又想起刚才进门的那个年轻人,原来是他儿子。三军一直在里屋,现在跑出来,很有礼貌地叫阿姨,我看了下,果然和相片里的田二军一样,浓眉大眼,文静秀气。

娟儿把饭菜一一摆上茶几:"我家三军可比你强多了,哪像你,土包子。"田二军说:"我那会儿也不是土包子,要是土包子,你能看上我?"娟儿又拿来一瓶酒,打开后放到茶几上:"把你烧的,现在也看不上你。"瘦子老关子迫不及待地把酒倒满酒盅,鼻子凑上去,深深地吸气,很享受的样子:

"嫂子，小军现在可是有钱了，小心踢了你。"娟儿也坐下："看他那个样儿吧，谁能看上他?"老关子举起酒杯："来，我们为今天的误会干了这第一杯!"所有人都端起酒杯，仰头干了。我喝不了酒，只好稍稍抿了一下，被辣得龇牙咧嘴。老关子说："喂喂，我们都干了，你不能这样吧?"我有些为难："我真喝不了。"我拿着酒杯，不知所措。老关子又说："感情深，一口闷，说明你不把我们当朋友哇?"娟儿看着我为难的样子，一把从手里夺过我的酒杯，仰头喝下去："你这人，人家文文静静一山西女人，你为难人家做甚了?"老关子见这样子，赶紧说："好吧好吧，不敢和你对饮，谁能吃倒你了! 我看你是想叫我军哥找个老二了?"田二军接过："不敢不敢，我们家娟儿我还吃不倒，老二老三甚的更吃不倒。"娟儿跟着哈哈笑。

酒喝了好久，一直到太阳快要落山。除了三军没沾酒，大家都喝得晕晕忽忽。我的酒虽然被娟儿顶了不少，但自己糊里糊涂喝了不少，也有些晕。老板六子拉着老关子的手大哭，原来他的老婆三年前出车祸死了，那是个美丽的女人，特别爱惜自己的容貌，出门总戴着围巾，车祸那天戴着天蓝色的围巾。六儿说到围巾的时候，泪水就滂沱了。老关子就劝六子："你看你，人家有老婆的都找女人，你说你个单身，为什么不找个女人了?你又不是没条件。"六子说："我不想，我就想我家张改变，谁也比不上我家张改变。"老关子醉眼惺松地瞟了我一眼："六子，你真傻，人都死鸟了，念叨顶个屁用，找个哇，起码有个说话暖被窝的。我除了你嫂子，还有外人了，你还小了嘛！"一说到死，六子哭得更凶了，根本不理睬他说什么。老关子拉着娟儿的手："娟儿啊，你可是要照紧你家二军了，有钱的人，不好抬！"娟儿虽然满脸潮红，却比较清醒："看你那个尿劲气吧？你也只是在女人面前吹个牛，我还不知道个你！"老关子急着要说什么，被娟儿一把甩开，拉着已经快要睡着的田二军，往里间推。田二军摇摇晃晃站起来，推开娟儿："起尿开，我要尿个了。"一边趔趔趄趄往门外走，一边手就伸向裤口，做着往出掏的动作。娟儿不好意思地对我笑："你看他们这德行，喝了点酒，连个文明都不讲了，还不知道有多少女人爱他们，不就是有一两个臭钱吗？有钱人多了去了，他们算个屁，也就是吃饱饭罢了。"说着又去扶二军，好歹还是从门上弄出去了。

我靠在沙发上倦得很。老关子凑过来，靠近我的脸，一嘴酒气，并且要拉我的手，我想躲，却不知道躲哪里去。哭得眼泪婆娑的六子却一下直起身子："关哥，你不能这样，你是无心的，但小心吓坏人家。"我连忙坐在六子另一侧。老关子摇晃着笑："哦，妹子，别多心，我逗你玩儿了。"六子又抱着老关子哭，一边对我说："花铃，你到里间休息一下吧。"我借他的话赶紧离开，到无人的那个沙发上，坐下，头靠在靠背上，真是累。我点燃一根烟，烟雾缭绕中，我看见天已

038　寻找田小军

经擦黑，西边晚霞满天，院门外的大树上，成群的鸽子飞舞，翅膀翻卷舒展，在晚霞的背景下，格外美。

恍惚是三军开着他家的越野车送我和六子回到客栈。进入怀朔时，不知谁家的羊群归来了，到处是"咩咩"的羊叫声，难得的喧闹之时。下车回客栈时，门口有个人影，好像是给我贴创可贴的男子。我想走上去问问好，但一眨眼就不见了。回头间，望见西边的原野，晚霞变暗，有几匹马，在光影里，悠闲地摇着长长的尾巴。

在路上

这一夜睡得很好,无梦。这是很奇妙的,因为我是一个闭眼就做梦的人,做各种稀奇古怪的梦。昨晚无梦,大概是因为酒精的作用。但凌晨五点的时候还是醒了。头隐隐疼,口干得很。房间里有些冷,我缩在被窝里不想出去。我裹着被子坐起来,掀起窗帘一角,外面还黑乎乎的,只看见远处风车上的小红点,像一个个小眼睛,不断地眨啊眨。头疼得厉害,我伸出胳膊从旁边的衣服兜里,摸出香烟,抽出一根,又摸索着掏出打火机,准备点燃香烟。"啪"地火光一亮,眼睛的余光里,仿佛又看见电视机屏幕上出现了模糊的人影,女人的身影。我已经习惯了自己的这种幻觉,随即又"啪"地熄灭打火机,房间里又一片黑暗,人影从电视里走出,无声无息,上得床来,轻轻钻进我被窝,从背后拥抱住了我。

她的身体冰凉，绿色的冰凉。她柔软的胸脯，贴着我的后背，像花朵一样颤动着缓缓开放。耳边是她若有若无的气息："花铃，花铃，我在。"我无意再次"啪"地打着打火机，余光里，又一个女人的身影，出现在电视机屏幕上。我打火机"啪"地熄灭，人影再次走出，轻轻上床，钻入被窝，从背后拥抱住了我，再一次被冰凉侵入，被柔软侵入。我不断打着火机，不断熄灭火机，就不断有女人走出、上床、拥抱我。夜如水，女人如水，同样的波浪，一场又一场。

醒来，窗帘缝里透进日光，一点一缕地洒在被面上。头依然很疼，坐起来，枕头边放着烟与打火机。我点燃一根，深深吸了一口，烟雾中，摇摇头，头重而疼。一个鼻孔不通气，坏了，有点感冒。静静抽完一根烟，打开窗帘，阳光"哗"一下流进来，泻了一床。看看手机，已经7点多了，手机里躺着信息："你到底去哪里了？你得告我啊？"我叹口气，打开另一条信息："美女，玩疯了也记得我啊，你这是忘了我了？"心里觉得无聊与好笑，顺手删掉了这条信息。

口干得厉害，得赶紧喝水。赶紧穿好衣服，身体有些发虚，看来确实有点感冒。下床提起暖壶，倒了一杯，水却是凉的，想是前天晚上老板送来的水，这暖壶不保温！心里埋怨着准备去找老板要热水，却听见楼道里传来脚步声，接着就到了门口，敲门："花铃，花铃……"是老板的声音，看来他已经习惯叫我的名字了，声音里满是熟悉的味道，我有些不太适应。打开门，老板提着个暖壶，弯腰给我放在门口："不好意思，昨晚喝多了，回来就睡了，忘了给你提一壶热水上来。"我只好笑笑："没事，我也喝多了，反正昨晚也没洗漱。"他显得有些疲惫："让你见笑了啊，今儿头还有些沉。你洗漱吧，一会儿下来一起吃饭吧。"说着就转身下楼去了。

我把门闭上，赶紧倒了一杯水，我得先喝点药，感冒严重了就糟糕了。幸好出来的时候，带了一些应急的药品。一杯热水，一袋冲剂下去，人稍微有了些精神。洗漱完毕，精心化了妆，气色好了很多。化妆盒里的创可贴还在，我把它小心地放入化妆包的隔层里。收拾好所有东西，又点燃一根烟，想想昨天的误会，觉得好笑又挺神奇，下一步该怎么办？去西河，还是去百灵庙？不知道，那还是先吃饭吧。

二楼上静悄悄的，我特意走遍整个楼层，每个门都是锁着的，看来确实是个淡季。虽然老板邀我和他一起吃饭，但我还是想自己去吃，一方面不习惯与不熟悉的人一起，另一方面也不习惯别人掏钱，所以走下去的时候，故意放轻了脚步。然而还是看见了老板牵着他的拉布拉多，已经站在院子中央等着了。拉布拉多温顺地跟在老板旁边，摇着尾巴，老板一手牵着绳子，一手拿着钥匙："花铃，我也懒怠自己做了，咱俩一起出去吃吧。"我无法拒绝，自到了怀朔，我觉得自己很被动，像一滴水被裹挟在河流般不能自拔。我点点头，跟着他出去。

"拉布拉多"一点都不怕生人，不断来蹭我，倒是我老躲着它。老板说："你别躲它，它不咬人，它是喜欢你。"我点点头，但还是不自觉躲开它，我并不是害怕它，我只是不喜欢动物而已。老板边走边说："你还是害怕，这条狗是改变养的，她刚养了不到三个月，就走了。"我点点头，送过去一个同情的表情。老板不断收紧放松绳子："改变亲的它像儿子似的，可没几天她就走了。"接着他长长叹了口气。我说："那你家的孩子呢？多大了？"老板说："没有孩子。"我"哦"了一声，不再说话，怕戳到老板的伤心处。老板却不介意："我们就没生孩子。"我有些好奇，这不合常理啊："为什么？"老板有些不好意思："不会生。"原来如此，我又"哦"了一声，老板看我恍然大悟的样子，特意加重了语气说："是我不会生，改变要抱养一个，我说不用了，这样我就全部身心对你好了。"我由衷羡慕赞叹："你真是个模范丈夫，这在农村真是不可思议的好男人啊！"他苦笑："是有许多人不理解，以为是我家改变不会生，说我怕老婆，只有我知道老婆的苦楚，是我对不住她。"我问："你什么学校毕业的？"老板说："甚学校毕业？我连初中也没念，文盲圪蛋！"我不自觉地点头："哦，哦。"老板又长叹："我就是想当一辈子怕老婆的，也当不成，她老人家早早就走了，唉！"他不再说话，小心地把狗拉近，不断伸手抚摸狗的脖子，大概陷入回忆或者悲伤中。

　　老板带我来的还是"拓跋蒙餐"，店里依然没客人，只老板娘在那儿逗孩子。老板娘见我们进去，笑着张罗倒水："六哥，我说你懒怠做饭了就来，你却老不来，今儿可是稀罕。"然后转向我："姐，你还没走啊？""没呢。"我点点头。老板娘朝后间喊："旺子，准备早饭，六哥来了，还有昨天那个姐。"依然是奶茶和馒头，老板娘问老板："六哥，秀姑她们走了？"六子说："昨天上午就走了，秀姑不想走，老柳说有事。"老板娘说："老柳也不容易，又要上班，又要应付老婆，又要招呼秀姑，为难的。"接着自己就笑了。六子说："那是他自找的，挑拨的人家离了婚，却不给人家个家，我看秀姑才可怜了。"旺子从里面端茶出来："就是啊，人家都说秀姑不是个正经女人，人家秀姑之前名声很好，贤惠善良，跟了他才被人说三道四。"六子说："谁知道呢？不过老柳确实不成东西，据说不是老柳老婆不离，是老柳不离。"老板娘说："老柳确实也可怜，我看见他好多次和秀姑吃饭时，眼泪汪汪的，一个男人，不到伤心处，怎么会哭呢，大概他有他的难处。"我脱口说："那或许是他演戏呢？"六子、老板娘、旺子同时看向我，大概觉得我说得有意思或新奇，我解释："我是猜的，有些人天生会演戏，我是说，或许，或许是老柳这个男人会演戏而已。"他们几个只点头，不再谈论这个事。我有些尴尬，为自己多嘴。

空气有些凝固，我只好没话找话："店里经常是这么人少吗？"老板娘说："是，生意不好做，不过前段时间很好，天冷了就不行，但中午会稍好一些。"六子也说："一样，我店里经常推光头。"我说："那你们这样怎么维持生活？"六子和老板娘都笑："我们还种地的了，粮食不缺，店都是自己的，没租金，没什么可赔的。"然后两人同时叹气感慨："不过，这两年生意不好做，前几年还好些，这两年不知道怎么了？"旺子说："有钱的，没钱的，大商家，小生意都说不好做，真他妈的邪门了！"我们几个都点头认同，确实，虽然我窝在家里，不太觉得，但无论走到哪里，都说生意不好做。老板娘问我："姐，你这旅游来得有点晚了，没好景了都，你准备住多久？"我笑笑："我倒觉得还好，秋天有秋天的美，况且我也喜欢人少。"六子笑："也是个怪人，人家都喜欢热闹，你却喜欢人少！昨天没找着你同学，我也没处问了，你今天打算怎么办？"

我看看门外，鲜有人经过，街道上静悄悄的，早晨的阳光温和地轻罩在地面，湿漉漉的。是啊，我今天干什么呢？我只好说："没事，我也是随便走走，能找到也好，找不到也罢。"六子的狗在门口卧着，不时支棱起耳朵，听我们的谈话。我问："怀朔有到哪里的大巴？"六子说："这里不发车，有过路车，你想到哪里？"我笑笑，想起自己来这个地方也是随意的，鬼知道自己想去哪里，只好说："我也不知道，你说有些什么车吧？"老板娘抢着说："有包头到百灵庙的车，早晨一趟，下午一趟。"六子说："还有一趟是呼市到召河的，是两天一次。"召河？我不熟悉这个地方，六子见我迷惑："你们常旅行的人一定知道，就是希拉穆仁。"我恍然大悟，这个地方我确实知道，有许多人到这里旅行过。我说："那我去希拉穆仁吧，不知道今天有没有车？"六子转向老板娘，老板娘也说不知道。旺子从后间走出来："我给你问问去。"说着走了出去。我想喊住旺子，不必这样麻烦，去不了希拉穆仁，我就去百灵庙，反正我开始就是要去百灵庙的。可是他已经走出去了。

吃完早餐，我抢着结账，六子好歹不让："你看你，反正我也要吃饭了，不用你付。"我只好罢手："昨天还劳你去了一趟白灵淖，今天吃饭你付账，这怎么行？"六子笑："你以后多来，来了住我店就行。"我嘴里说那当然，心里却想着，怀朔，我还有可能来吗？旺子已经回来说："今儿正有了，说是车十点多来了。"我看看手机，已经快九点了。我和六子赶紧回到客栈，他去圈他的狗，我上楼收拾东西。其实东西已经是收拾好了的，但我还是打开拉杆箱，一件一件清点。背包也做了整理，梳子、水杯、充电器、化妆包。我想起那个男人，还特意打开那个化妆包，那片创可贴还在，我觉得自己有些好笑。下楼去结账，老板对我说："返回的时候再来住吧，要不明年夏天来，我请你喝酒。"我笑，他也笑："秀姑和老柳几乎每年要来住几次，都住我这里。住我这里的很多都是回头客。"我说："那是一定的。"两夜房费是一百五十元,我给了他二百元,他要找给我,我说:"不用了,权当车费。"他推脱了两下,也不再努力:"好吧,那我就不找了。"我递给他一根烟,自己也点燃一根。他说:"我送你吧,要不你不知道在哪里上车。"这次我没有拒绝,因为我也确实不知道在哪里上车。他还是拉着他的狗,将我送到大路边,一直等到车过来,安顿好我,车开了,他才离开。我一直目送他与他的狗一前一后消失在村庄里,才将目光收回来。

车座旁边坐着一个学生模样的年轻人,手机里放着音乐,是海子的《九月》:"我的琴声呜咽泪水全无,只身打马过草原……"音乐很是应景,我看看小伙子,白净的面皮,沉静的眼神,突然特别想我的孩子,也突然意识到,我是一个妈妈。我打开手机,想给儿子发个短信,说什么呢?说我想他了吗?这样他会不会觉得太腻歪,而且,我也不善于这样表达。胡思乱想间,电话响了,我只好接起:"没事,我在路上,很安全,不需要你担心。"然后挂断。我还是有点累,头靠在靠背上,闭上眼睛,任由外面空阔美丽的景色袭扑来,再退去。

草原不断延展,我看见牛群散开,哞哞地叫;羊群散开,在云层深处,像棉花;马奔跑,矫健的身姿,让人向往。我看见零零落落的房子,是西河中学,一群少年在教室门前的草坡上小马驹一样奔跑。其中一个少年拿着一本书,朝一个小女生招手:"你别哭,我借给你看《铁臂阿童木》"。小女

在路上 047

生着急接过书，朝教室走去，她害怕别人看见，怎么可以和男生如此亲近？然而还是回头，少年已经转身奔跑，阳光下，那身影如此新鲜，如此活泼。少年转身，看到小女生，眼神忧郁又亮晶晶，笑意在他脸上散开。什么东西晃了一下，场景立马模糊，恢复平稳的时候，什么都没有了。车子继续在路上行驶，身边的少年已经睡着了，手机却继续放着音乐，已经成了朴树的歌曲，真是年少的心性啊，朴树，一个永远歌唱青春的歌手。我记得他有一首歌的歌词："……让我想起那些花儿，……你们已经被风带走，散落在天涯……"田小军散落在哪里？也散落在天涯？

车在武川县停下，跟车师傅说，要在这个地方吃饭，让大家各自吃饭或游玩，半小时后再出发。大多数人去路边的饭店吃饭了。我不想吃饭，就在路边的草地上坐下。少年也没去吃饭，也在旁边坐下，摆弄着手机。我问："孩子，你这是去哪儿，我看你像学生，不上课吗？"天知道我哪来这么多话，而且是对一个年轻人。他抬起头，是个很清秀的少年，只是左侧脸有一条比较醒目的伤疤。在车上的时候，因为坐他右边，没看见。他腼腆地笑笑："我去希拉穆仁。"接着他抬眼望天空："我是学生，内蒙古大学的。"我有些疑惑："那不上学吗？这不是假期啊？"他不看我："我请了假。"我"哦"了一声，不太好再问下去，只好抽出烟来，点燃，在一缕一缕的烟中看空阔的天空。少年见我抽烟，笑了："姐，你抽烟的样子很帅啊！"我有些吃惊，他竟然叫我姐，而不是阿姨，我有些讶然："帅是形容男人的词，阿姨是女人啊。"他说："我女朋友也抽烟。"说着有些迟疑："不瞒你说，姐，我是去找我女朋友的。"他毫不理会我强调自己是阿姨，依然叫姐，好可爱的孩子。

或许因为我抽烟，他打开了话匣子："姐，我们是在武川县认识的，对，就是这里。武川县是呼市油菜生产基地，夏天的时候，油菜花盛开，非常漂亮。"我倒确实是看到原野上大片的田地，但没想到主要种植油菜。他眼里充满向往："姐，你夏天的时候一定要来，这里是油菜花的海洋。今年夏天，我们油画系的学生来这里写生，我就遇到了我女朋友。"说到这里，他自己就笑了，有些不好意思地说："其实也不算正式女朋友啦，但我们同居了。可是她并没有答应我做女朋友，我很喜欢她，很爱她，可她从来没有对我说过她爱我。"我说："她都和你同居了，一定是爱你的了。"少年抬眼看我，眼神里有不理解："姐，不是这样的，是同居了，但我觉得她还是没属于我。"我为自己的唐突有些后悔，怎么就秃噜了这样一句话。他叹了口气："她也是画画的，但是没学过，可是画得极好，比我和同学们画的好多了，我觉得她像个精灵。"他揪下脚旁的一棵草，含在嘴里："后来，我们走了，她也回家了。"我问："她哪里人啊？"他说："是萨拉齐的。"我说："那你得去萨拉齐去找啊。"他眼神突然亮起光来："她总是到

在路上　049

处跑，我说过她是一个精灵。"我暗自想，这该是一个多么特别的女孩子啊。就插了一句："她很漂亮吗？"少年的脸上立马流出一大片笑意："是很美，我不会喜欢一个丑女，姐，我是'外貌协会'的。"说着，他自己就哈哈大笑起来，我被感染，也大笑。"这几天，她说她在希拉穆仁，我就请了假去找她，她不让我去找她，说怕耽误我学习，我嘴上答应了，却请了假来找她。"看着这个孩子，我的心也温柔起来，就像面对一只憨态绵软的猫咪，所有的温柔一下子就调动起来："哦，年轻真好，你会给她一个惊喜的。"他说："我就是想给她一个惊喜。"说着，从手机里翻出一张图片，给我看："姐，你看，这几张就是她。"

我接过手机，背景是金黄色的油菜花，一个女孩子正在画架前，认真画画。因为是远景，看不到姑娘面容，整个画面很具艺术感，姑娘的气质就灵动娴雅起来。他示意我往后滑，果然看到一个姑娘清晰的面孔，依然坐在画架前，镜头却拉近了，单眉细眼，头发长长的，中分在脸的两侧，像水一样一直流泻在胸前。很文艺很优雅的范儿，给人感觉很舒服，但我并没觉得有多美，年轻人，大概情人眼里出西施吧。他把手机拿过去，小心地摩挲着屏幕上的照片，仿佛抚摸着情人的脸，真是个痴情的孩子！他不再说话，不断翻看照片，并放出音乐，依然是朴树。

司机与跟车师傅吃过饭，招呼人们："赶紧上车了，要上厕所的赶紧上，路上就不再停了。"许多人突然意识到不仅要吃饭，还得上厕所，女人们就纷纷去抢厕所，因为饭店旁边的厕所很小。男人们往路边一走，背向人们就掏出来撒尿，女人们也不在意，该上车上车，该去厕所去厕所。我注意到只有两个男人是去厕所解的，而少年是其中一个。另外一个男人，一边从厕所出来，一边紧裤带，而少年出来的时候，已经整整齐齐。我心里想：这难道是少男和男人的区别吗？如果是这样，我倒希望，男人永远处在少年的状态。想起《红楼梦》里，贾宝玉有关"珍珠"与"死鱼眼珠子"的论调，以前觉得是不对的，是明显的以色论人。但今天男人们的行为看来，确实有道理啊，不自觉笑了出来。

　　车驶出不久，我身边的少年就困意袭来，头靠在靠背上，能听到他轻微均匀的呼吸，在一片打呼噜声中，他的手机音乐不断循环，从海子的《九月》，到朴树的《那些花儿》。我却睡不着了，想抽根烟，看看周围环境，只好作罢，只拿着烟支在鼻子上嗅来嗅去。跟车师傅看我的样子，有些失笑："你这烟瘾比我还大呢！要不，到门口来，我给你打开这个小窗，你来抽吧。"我摇了摇头，这并不好，我是很讨厌在公共场合吸烟的。

　　跟车师傅问我："你去召河做甚个呀？"我不知道该怎么回答，我去召河干什么，我自己都不知道。如果是找田小军，去百灵庙更靠谱，如果去旅游，这个季节也不是个旅游的季节。我只好轻轻说:"玩儿。"师傅说:"有甚玩儿头了,这个季节,召河不好玩儿了,草都不行了。"司机接过话头:"草不行了,骑马正是时候,喂,美女,你敢骑马吗?"我看见师傅从前面的镜子里盯着我,头缩下的样子很搞笑,我说:"没骑过,不敢骑。"跟车师傅说:"没事,不会骑的话,有专门的牧人会教你的,只要你出钱。"这倒是个不错的提法,不找田小军,看不成草场,在草原上骑马也是很不错的体验。我点点头,报给跟车师傅一个微笑,表示接受了这个建议。

大概是进入了牧区,大片农田已经消失,高原上连绵着一片一片的草场,有许多是用铁丝网网起来的,里面有大群大群的马,或低头吃草,或仰天长鸣,或互相追逐,很是好看。间或有河流闪过,河水清浅,旁边的浅水里卧着一些牛,静静地倒嚼。天空湛蓝,没有一丝云彩,有个几个骑马的人,飞驰在山坡间,我甚至能听到他们互相追逐的吆喝声与欢笑声。车里的人不断醒来,个别乘客发出赞叹的声音。有许多人用手机拍摄。少年只不动声色地朝外看着,或许还在想他的女朋友。能在旅途中想一个心爱的人,也算是一件美好的事吧?少年站起来去取水,车前有一个大水箱子。跟车师傅看着少年的脸说:"你这是咋来来,留下这疤,打架来来?"少年没理他,倒了水,往回走。跟车师傅没话找话,继续说:"我看是打架来,这么长一道,动了刀子啦。"少年坐回座位,有些不高兴地看了师傅一眼。师傅继续咧咧:"还不好意思了,肯定是打架来。我年轻那会儿,也是动不动就打架。"车里的人都看向少年,少年的脸色有些变了,站起来,走向跟车师傅,要说什么,我赶紧拉了拉他的衣角,他轻轻嘟囔了一句:"真是咸吃萝卜淡操心。"幸好师傅没听见,但师傅已经转开话题,说他年轻时候打架的事,司机也接他的茬,变成了两个人聊天。大概是旅途单调烦闷,司机容易瞌睡,所以跟车师傅养成了多嘴、见啥说啥的习惯。

路边有路牌显示已经快到希拉穆仁的时候,我的睡意又袭来,靠着靠背睡着了,一切都隐去。仿佛又看见少年田小军转身的微笑,仿佛又看见一个小女生抱着几本小人书,急急走回教室,又扭身回看少年青春的背影。

繁星流入身体

中途陆陆续续有人下车，到达希拉穆仁的时候，连同司机与跟车师傅，车里只剩五个人了。太阳渐渐偏西，空气开始变冷，车缓缓停在一个很大的空场地。场地上已停着两辆大巴，我看见其中一辆写着"包头—召河"，另一辆写着"白云鄂博—召河"。还有几辆小轿车，毫无规矩地散乱停放着。我问司机："咦，怎么没有车站？"他说："车站在镇里头，离旅游区稍远一些，来这里的人多数是旅游来的，所以就停在这里，久了，这儿也就成了停车场。"我这才想起，刚才下人较多的地方，牌子上写着"召河"，当时心里就纳闷，是不是我也该下，但没见师傅招呼所有人下，想着不是终点站，迟疑了一下，又见我身边的大学生也没下，就没下，原来是这样。一出车门，风就扑过来，我本能地哆嗦了一下。司机拉开车下面的行李舱，取出两个行李箱，是我和大学生的，他看我打哆嗦，说："你穿得有点少，这地方早晚很冷的。"我笑笑，从背包里取出开衫，披在身上，心想得先住下来，可是住哪儿呢？跟车师傅却开口了："你俩都是外地游客，不如先住下来。"我说："住哪儿啊？"他指着停车场后面说："那不是宾馆吗？"我这才发现停车场北面有个很大的宾馆，七八层高的楼房，顶上写着醒目的"希拉穆仁招待所"。跟车师傅很热情："要不，我带你俩去吧。"大学生不太在意我们的对话，只专心拨拉手机，大概在联系他的女朋友。

　　见跟车师傅这样热情，我心里有些明白，这些司机和宾馆应该是有关系的，一般情况是拉来一个客人，他们就有一份提成吧。正这样思量，从旁边开过来一辆小型客货两用车，一个女人拉下车窗："大姐，住包不？"我有些不明白她说话的意思，跟车师傅发话了："宾馆多舒服了，热水，Wi-Fi，都有，包里甚也没有。"女人没理会跟车师傅，继续说："姐，来内蒙古草原玩儿，当然是要住蒙古包了，宾馆哪儿不能住了？"我这才明白"住包不"的意思是住不住蒙古包。我当然倾向于住蒙古包，可是想想两天没有洗澡了，很想泡个热水澡，迟疑间，大学生收起手机，对我说："姐，我想去住蒙古包，你也去吧。"我看看跟车师傅，又看看搭揽生意的女人，做不了决定。大学生看看跟车师傅，一把拉起我的行李箱，就往女人车上拖："姐，住蒙古包吧。"见这样，我只好跟着小伙子上了车，然后朝跟车师傅不好意思地笑笑："对不起啊。"跟车师傅也笑笑，表示无奈或者是无所谓。倒是小伙子愤愤："姐，这人一看就不是好人！"他大概还是生气路上时，这个师傅对他口无遮拦的调侃，真是个孩子！

车行驶了不到两千米，就停在一片有十来个蒙古包的地方。下车的时候，女人和我们一人要了二十元钱，我有些惊讶："这么贵？走了这么丁点儿远。"女人笑笑："姐，咱能旅游得起，就不在这几个钱上，你自己走的话，很费事，你也找不着。"我回望了一下宾馆，隔着一条干涸的河槽，清晰得可以看见那几个大字"希拉穆仁招待所"。我只好苦笑，掏钱给了她，她接过钱："姐，草地消费就这样。"然后她领着我们走向一个包前，包里走出来一个女人，典型的蒙古族人样子，红脸，高颧骨，细长的眼睛，却并不穿蒙古族服装。

女人对蒙古族大姐说了什么，我一句都听不懂，她们讲的是蒙语。然后女人就走向了小型客货两用车，用汉语对我说："好了，你就住她家的包吧，她家的包最干燥、舒服，饭菜也好吃。"说着就走远了，进了她的车，扬长而去。我一直以为她招揽生意，是她自己的店，原来她也是帮别人拉客的。上当受骗的感觉立马升上头顶。我有些抗拒，回望宾馆,心想还是到宾馆住吧,反正也没多远。大学生看我脸色有变,小心翼翼地问:"姐,你怎么了?"我说:"我不想住这包了,感觉上当似的。"大学生安慰我:"姐,没事,人家就这样做生意,我上次来也这样。"他一说,弄得我有些不好意思,好像我还不如一个小孩子通达,懂事呢。我点点头,问他:"你没联系你女朋友吗?"他有些沮丧:"她没回信息,打电话是关机。"然后又自我开解似的说:"可能手机没电了,她经常这样。"

蒙古族大姐领着我们看她的包,有大包、有小包,让我们选。大包的型号各不相同,有的看起来可以住三四人,有的可以住五六人,有的可以住七八人,而小包却一个型号,就是住一两人的样子。她推荐给我俩一个大包,说的是汉语:"小包也可以住两人,情侣住还行,反正人家不嫌挤。你两个还是住四人大包吧,你俩是娘儿俩,还是姐弟啊?"我和大学生都笑了,我说:"我们都是旅客,路上碰到的。"然后各自选了个小包。蒙古族大姐哈哈大笑:"我以为你们是一家人呢。"住宿费倒没想象得贵,大包一晚一百五十元,小包一晚八十元。

我把行李拖进包里,原来里面有个粗粗的柱子,一直到顶,幔布从顶处一直垂下来,圆圆的一圈,固定在砖砌的台基上。台基的砖头并没有用幔布盖住,就那么露着,倒也朴素。幔布上画着的,大概是成吉思汗行军图,马匹、辘辘车、人物、草木、河流,生动有趣。从包门到炕是一片长方形的空地,放着两把椅子,一个茶桌,上面摆放着两个茶杯。靠着柱基有个铁皮火炉,插着烟筒,烟筒从窗户旁边的一个口伸了出去。

我有些累,想躺炕上休息,可是包里面有些冷,炕上虽然铺着漂亮的花单子,但还是冷冰冰的样子,于是坐在椅子上发呆,想下一步怎么办。蒙古族大姐进来,手里提着一壶茶:"妹子,你先喝茶,太阳快落山了,你冷吧?我马上给你生炉子。"她把茶放桌上,给我倒了一杯,是热腾腾的奶茶,奶香扑鼻,我吹了吹,喝了一口,身体顿时有了些许暖意。她把炉下面的盖子移开,抽出炉子下面的一张纸点燃,伸入炉底,原来炉子已经预先放好了炉柴与炭。

炉火不一会儿就着旺了,我也几杯茶下肚,感觉包里面热乎乎起来。我爬上炕,拉开一卷被子,躺下来,看着炉火熊熊燃烧,觉得舒服极了。看着炉火红红,想起叶芝的诗句:当你老了,头发白了,睡意昏沉,炉火旁打盹……我现在就这状态啊,可惜没人陪,可我需要人陪吗?我独自出行,不就是为了一个人吗!

炉火或明或暗,我的思绪也或明或暗,不觉就有些饿了。蒙古族大姐适时地走进来:"妹子,准备吃什么?"然后给了我一个菜单。我一看上面几乎都是肉,各种做法的羊肉与牛肉,以及奶制品。我想起该一起喊大学生来吃,那孩子也该饿了，中午他也没吃。再说这一盘肉，大概我一个人也吃不了。我和蒙古族大姐说等会儿，我去找大学生，然后再定。

走出包门，夜已经悄然来临，天很近，仿佛跳起来就可以摸到，有一些星星已经显现，眨着眼睛，大概因为刚刚出来，很精神的。天边的云霞已然褪去，只剩一点浅浅的颜色在半天空。夜很静，能看见河槽的对面有一处灯火辉煌，很热闹的样子。我问大姐，大姐说："那里是一处娱乐城，有蒙古族节目，你也可以去看看。"我点点头，朝大学生的包走去。

大学生正躺床上看手机，炉子里的火也正旺。他招呼我坐下，说："我女朋友还是关机，不知道怎么了。"他露出担忧的表情。我安慰他："也可能没地方充电呢。"他看看我，给我倒了一杯水："也可能，这地方，就是景好，其他都很差，你看，网速都很慢。"我点头，因为我的手机几乎是没信号了，何谈什么网速呢！我说："河槽对面有娱乐活动，要不咱们去看看？"他说："我想等联系到我女朋友，一起去。去年我去过，挺有意思的。"我讪然，这小伙子，一心想着他女朋友，害我多了一嘴，心里有些不好意思，就转移话题："该吃晚饭了，咱俩一起吃吧。"他表示同意。

我们俩点了一小盘"手抓羊肉"，一盘"凉拌沙葱"，还要了两瓶啤酒。羊肉做得确实好吃，嫩嫩的，一点膻味都没有。那个沙葱也很好吃，蒙古族大姐说肉是自己养的羊，沙

繁星流入身体　059

葱是夏天自己掐的，言下之意这些饭菜都是纯天然环保的。

几杯啤酒下去，小伙子的话就多起来。原来他女朋友比他大七岁，他们是姐弟恋。小伙子是河北人，在"内大"修油画专业，已经大四，明年毕业。他想找到这个女朋友，把关系敲定下来，然后决定大学毕业后该何去何从。可是这个女孩子他觉得总是捉摸不定，有时离他很近，近到息息相通；有时候觉得又离他很远，像天边的星星。他特意说："姐，你刚才看到天上的星星了吧，那就是她，闪亮晶莹，可是摸不到。"

我不知道怎么安慰他，只能陪着他喝酒。本来要的是两瓶，结果不断向蒙古族大姐要酒。小伙子有些哽咽："姐，你说是不是她不爱我啊？"我不知该怎么说，只好安慰："不是，看不上你不会和你同居的。"大学生说："姐，不是这样的，同居了不见得就是爱我。"他却又笑了，有些口吃："人家结了婚的还离婚呢，同居算什么？你也和我妈一样，老传统。"我有些惭愧，为自己第二次犯同样的错误，只好掩饰："呃，你妈知道了？"他说："不知道，我才不告诉她呢，她要知道我谈恋爱了，还不打死我。"我摇摇头，觉得很晕："喂，小伙子，为什么找比你大的呢？找个同样年龄的多好？"他摇着我的胳膊："姐，爱情来了，鬼才会问年龄呢。"我被他的稚气与坦率感染了："对呀，还是你们年轻人通达，你看姐啊，你姐夫和姐差不多大，也不见得就过得幸福。"

他的酒杯空了,我又给他倒上,他一口就干了:"姐,你那是婚姻,我说的是爱情,不一样。"我也喝了一个:"傻小子,怎么能不一样呢?谈恋爱后不就是结婚吗?"他自己倒了一杯,说:"姐,你是出土文物啊?什么时代了,恋爱是恋爱,结婚是结婚,恋爱的人不见得就要结婚,结婚的人不见得会恋爱。"然后他仰头又喝下一杯。我又蒙圈,感觉他在念绕口令似的:"你说的什么呀,我不懂。不以结婚为目的的恋爱不是耍流氓吗?"他这次深深剜了我一眼,秀气的眼睛里满是不屑与无奈:"不和你说了,你和我妈一样。"说着,就指着自己的伤疤对我说:"姐,你知道我的疤怎么来的吗?"我摇摇头。他说:"是因为一个女孩子。"我很吃惊:"你多小啊,谈过多少恋爱啊?是为哪个女孩子啊?"他哈哈大笑:"姐,你真和我妈一样,不过我也没多谈恋爱,这是高中的时候留下的。"他大大地喝了一口酒:"那年我高二,喜欢外班一个女生,那女生也喜欢我,谁知道另外一个班的男生,竟然给她写情书。我告他说这是我女朋友,你就死心吧。你知道那个愣小子怎么说吗?"我摇头,鬼知道你们这些年轻孩子怎么想。他说:"那愣小子居然说,又不是你老婆,是你老婆,我也敢抢,这不欺人呢吗?"我瞪大眼睛。他继续说:"然后我俩就很俗套地约架,谁被打倒了谁出局。"他自己笑起来:"那时候真傻,真俗,烂小说看多了,结果就留下这刀疤。"我很关心这结局,便问:"那是你输了?"他摇摇头:"赢倒是赢了,被学校处分,被爸妈教育,很烦呢!"我好奇:"那你怎么和那个女孩分手的?"他喝了一口酒:"说来好笑,打完以后,突然觉得很没意思,也就慢慢不理那个女孩儿了。"我追根问底:"那那个男孩和女孩儿好上了?"他笑:"哪儿呢?我竟然和对手成了好朋友。那女孩儿跟毫不相干的另一个男生好上了,后来据说她和她男友好像没上大学,早早结婚了,我也不知道她到哪里了。"他看着我,一副过来人的样子,摇摇了头,叹气说:"很没意思吧,人生就这样。"我有些更晕了:"好吧,姐老了,不理解你们年轻人,那你准备和你现在的女朋友结婚吗?"他试图再一口喝一杯,我阻止他:"慢慢喝,你已经喝多了。"他居然很听话,抿了一口:"姐,我是真喜欢她,太爱她了。她要是愿意,我就和她结婚,她要是不愿意,只谈恋爱也行。"接着趁我不注意,把剩下的一口干尽:"只是我现在还不知道,她是不是真的爱我,只要她爱我,结不结婚有什么啊!"

我实在弄不清他说些什么了,头越来越晕,悲伤莫名地袭来,就很没面子地端着酒杯哭起来。大学生见我这样:"姐,你怎么了,呃,你也喝多了吧?"我想对他表示自己没喝多,试图笑给他看,却还是哭出来。大学生摇着我的肩膀:"姐,我知道了,你一个人旅行,我就知道你有故事,我妈从来不一个人出行,有故事的女人才这样。"他这一说,我更伤心，突然激动起来："我他妈的哪有什么故事，我只是在家里待太久了，我不想在家里，我不想在家里，我不想在家里！仅此而已！"说完又觉得自己过了，赶紧点燃一根烟，试图掩饰刚才的歇斯底里。大学生大概被吓了一跳，赶紧给我空着的酒杯倒满酒："姐，好好好，不想在家里就出来么，有什么了不起啊。"我伸手要酒杯，他却不给："姐，别喝了，你喝多了。"我命令他："给我酒杯，我比你大，听姐的！"他只好给我："那你别干了，少喝点。"我点头，接过酒杯一饮而尽："哪有想出来就出来的，孩子怎么办？工作怎么办？"

他被我的行为与语气震住了，不再说话，也不给我倒酒。我自己倒满，又给他倒满："来，干了！"他按住我的手："姐，你干什么工作，孩子多大了？"我不回答他，推开他的手，又一饮而尽："大学生，你觉得姐很老很古板吗？"问完，立马就又后悔了，我这是干什么嘛？面对一个萍水相逢的年轻人。只好深深吸一口烟，让烟雾掩盖我尴尬的表情。他看我干了，也一饮而尽："姐，你并不老呀，你没听到我叫你姐呢吗？也不是很古板呀，你看你还一个人旅行呢！"他有些狡黠地说："我知道你示意我叫你阿姨，但你看起来就是个姐的样嘛！"

我伏在椅背上，泪水刷刷而出，我想控制自己的情绪与泪水，可是却无论如何控制不住，但恍惚间还是意识到自己

繁星流入身体 063

真喝多了。大学生不知所措,抽出纸巾给我:"姐,你有伤心事?"我意识到自己失态,只好用力强迫自己笑笑:"伤心事每人都会有吧,没什么,我也不知道自己怎么了,大概是酒精的作用吧!"有点欲盖弥彰,大学生也不再说话。

我低头吃了些肉和菜,又点燃一根烟,一口一口地抽下去,不让烟雾有消散的可能。气氛有些冷淡,我试图打破僵局:"喂,现在很晚了,说不定你女朋友开机了呢?有信号了呢?充电了呢?"他说:"哦,我试试。"电话果然通了,他抬眼看我,满眼的惊喜:"喂,我,我林立啊,你在哪儿呢,我在希拉穆仁,来找你呢,你怎么一直不开机啊?"他连珠炮地说:"你在哪儿,你在哪儿?我去找你。"然而他眼神中的明亮之火在听对方的回话时,一点点地暗下去,暗下去:"哦,你到百灵庙了,为什么不早说?"他整个人都开始落下去,落到椅子深处,仿佛所有力气都从他身体里抽离出去,冉冉散入空气中,而他的骨头与肌肉就那么随便地挂在了椅子上。"好吧。好吧。我知道了。"他把电话放下,不再作声,一个劲儿地往嘴里塞肉与菜,一个劲儿地喝酒,好像这样才可以再长出力气。我不知道发生了什么,但感觉他很失望很失望。不知道该怎么安慰他,我也使劲儿吃肉与菜,使劲儿喝酒,觉得要把这些食物全部吃光,这些酒全部喝光,他才会开心起来。

结账的时候,我努力着让自己的身体听话,可是身子老东摇西晃，几次拿钱包都掉地上。大学生也摇晃着从椅子上站起来，结结巴巴地对我和蒙古族大姐说："来，我们还是按我的习惯吧，AA 制。"我表示反对："孩子，你是学生，又不挣钱，我来付。"他笑："姐，我习惯这样。你要这样说，我还是男人呢！"我笑了笑，只好表示同意："好吧，听男人的，那就 AA 制吧。"他用手机支付，我用现金支付。蒙古族大姐看看他和我的样子，说："妹子，你等等，我扶你回去。我先把这个孩子扶到炕上去。"我觉得自己没一点力气，看来是帮不上蒙古族大姐的忙，和他一起扶这个孩子上床了，就自己摇摇晃晃推开门。哇，天上稠密的星星，像水一样流泻下来，要一下子全部落入我眼睛，像要覆盖埋葬我的样子。对面灯火辉煌的那个娱乐场所现在已经意兴阑珊，只剩隐隐约约的零星的灯光。

我哆哆嗦嗦地摸出手机，模模糊糊看到已经十二点十三分。就在看手机之间，人就从门里甩出去。旁边有人过来，一把扶起我，手臂那么有力。我试图推开他，却听到那人说："你是喝多了吧？怎么喝成这个样子！"哪里听过这个声音，好熟悉，"你该多穿点衣服的！"是他吗？是他吗？我抬起眼，络腮胡子，严肃的眼神，是他！我拖住他的手臂，努力站起来，不说话，用眼睛示意我的那个蒙古包。他大概也认出了我："你也来希拉穆仁了？怎么把自己喝成这个样子。"我的泪水又一次开闸，哗啦啦地流。我看见天上有多

繁星流入身体 065

少繁星落进来,就有多少泪水流出去,我觉得这一刻,我是和天空相通的,我和天空都是盛放星星的容器,流入,倒出,倒出,流入,轮流往复。我靠在他的身体上,仿佛自己的重量全部转移到他身上,我就是那繁星,那水,从大学生的蒙古包一直流到我的蒙古包,这短短一截路,那么长,又那么短。在我跨入我包内,望回去的时候,这截路,是一条明亮的河,落满星星,水波潋滟,闪烁晶莹。我现在什么都不想做,只随他把我扶上炕,替我脱了鞋,帮我脱掉外衣。我安心地把头落上枕头,任他盖被,掖被角。仿佛还听到他的声音,星星般闪亮的声音:"我说你一个女人怎么能自己一个人出行呢?你看,多危险。"我好像回了一句:"有什么危险嘛,这不挺好吗?"声音弱到自己也听不到,也像星星无声地闪烁。他的声音也闪烁:"还嘴硬呢,刚才要不是正好我路过,一把扶住你,你估计会摔掉牙齿。"我呵呵笑,泪水却流向枕巾:"这不没摔倒嘛!"

  我听到一声叹息,接着听到拉灭电灯的声音,关门的声音。星星哪去了,房间里一片黑暗,我有些懊恼,满天的星星啊,你到了哪里?咦,蒙古包的顶怎么是透明的,原来星星已经飞回天上,天空明净,银河灿烂。"花铃!花铃!"我又听到闪烁的声音,是女人的。我抬眼望天,她正从天空飞下,广衣长袖,舒卷飘飘。她微笑着,轻轻向我落下:"花铃,我来了。"她一件一件褪去她的衣服,像剥去花瓣,一层一层地，一片一片地。花瓣落在我被子周围，青绿色的幽香。她的身体单薄而饱满，在钻进我被窝那一刻，我伸手抱住了她，冰凉柔软，贴在我的胸脯上，她把脸深深埋进去，头发在我的下巴上汹涌，我呼出的气息吹动她的头发，一丝一丝地飘。我看见那些衣服的花瓣飞起，飞向天空。我想，这下她回不去了，我可以知道她是谁了。花瓣与繁星，在我的蒙古包顶，一直飘着一直亮着，我抱着她，清凉地入睡。

牧马者

有"嘎嘎"的声音间断传来,喑哑而明亮,散发着凛冽的寒气,像在头顶,又像在遥远的不可知处。什么声音?这是在哪里?似乎有雪落下来,落在我身体上,我记得是九月啊,九月怎么就落雪了呢?我伸出手,试图接住这些雪花,又有"嘎"的声音,我把手握住,收回,那些雪花,连同声音,就在我手里了。手里的雪花成水,声音从指缝挤出,又飘回空中,变得纤细,明亮,渐渐消失。水多冰啊,一个激灵,我醒来。哪里有什么雪花,原来是胳膊伸到了被子外头,冰冷。蒙古包里的火炉早已灭掉了,房间寒冷并且潮湿,我甚至能看到顶部有聚集的水滴。因为炕是用砖砌的,虽然是火炕,但由于还没到烧暖炕的季节,所以很冰冷,加之帐篷的材质,所以潮气就聚集起来。

我赶紧把胳膊收回，没脱衣服，反而觉得更冷。对了，昨晚发生了什么？恍惚是有人扶我进来，并安顿我上床。头又开始疼，口干得厉害。对，昨晚和大学生喝酒了，他好像叫林立。我的记忆清晰起来，我记得扶我进来的是在怀朔遇到的络腮男，我还记得他说我喝多了，记得他给我披被角的轻微动作。包的窗户是透明塑料，有隐隐的光照进来，包里依然很黑，那"嘎嘎"的声音又不断传来，确实像是从头顶掠过，应该是一种什么鸟叫。然而冷，不想从被窝里出来，可还是寒浸浸的。有敲门声，是蒙古族大姐："妹子，妹子，醒了吗？"我"嗯"了一声，发现一只鼻子不通气，声音少气无力。大姐说："你怎么了，没感冒吧？怎么声音有点哑呢？包里冷呢吧？给我开开门，我给你生火。"我再次"嗯"一声，试图从被窝里爬出，可身体确实很绵软，没有力气。

我努力爬起来，才发现自己有些发烧，是感冒了。外衣很整齐地叠放在床单边，想是络腮男给整理的，我伸手就可拿到。可到底是不是他呢？说不准是昨晚喝多了的幻觉呢？那到底是谁呢？赶紧穿好衣服下地，拉门的时候才发现，门其实并没关，只是门缝里厚厚夹了一层纸，得用力才能推开。对呀，昨晚我都是被别人扶上床的，我并没下地关门。可是又是谁这么细心，把门弄得这么紧？一定是昨晚扶我上床的人，心里便充满了感激。

我使劲拉开门，寒气猛地涌入，我哆嗦了一下，打了个喷嚏，鼻子立马通气，我深呼吸，整个人从里到外，像被洗了一样，干净通透。蒙古族大姐大概等不到我开门，返回去了，这时才又从她自己的房间出来。她住的地方并不是蒙古包，而是普通的房屋。她端着簸箕，里面是一些干柴，向我走来："妹子，草地上早上很冷，你快回去，我给你生火。"

我和她一起进屋，我说："姐，其实昨晚门是没关的，喝多了，我自己睡了，没有关门，你可以自己推开进来的。"她利索地收拾火炉、掏灰、放柴，有条不紊："怪不得，你的门从外面虚挂着锁。一定是毕力格昨晚给你弄上的，不过门很紧，我推不开，以为你从里面也关上了呢。"

火炉很快就着起来，房间里的寒气被逼退了不少，渐渐暖和起来。我问："毕力格是谁？"她把茶壶灌上水，放到炉盖上："等水热了些，你就可以洗漱了。"接着说："哦，毕力格呀，是养马的，昨晚住我这里。"我还是有些疑惑，大姐一边说一边走："白云养马的，昨晚你喝多了，是他照顾你休息的。"话没说完，她就走出去了。

我有些蒙，这个毕力格是谁呀？是不是怀朔遇到的络腮胡子男？无论是谁，我心里都充满了感激。说实话，我还真没喝过那么多，以前在家，连酒都不沾的。女人在大庭广众下喝酒，总不是件光彩的事情，何况喝得多了呢，这要在家，那该多丢人呢！我很庆幸，我是在旅途中，遇到的是一堆陌生人，离开后相忘江湖，谁也不知道谁，谁还记得那个路人甲或者路人乙呢！谁还记得他（她）是否喝多过，谁还记得他（她）样子有多糟糕。想到这些，我就开心起来。

我坐在炉火边，火光从炉盖间与出灰口散出来，热烈而温暖。我记得念书那会儿，教室里的炉子是值日生生火的，轮到我的时候，总是田小军帮我生火。我和田小军是同桌，因为我是班里个子最小的，但田小军却是个子最大的，他因为高度近视，就被老师安排在第一排，成了我的同桌。由于个子高，他只好自己备着一个矮凳，比我们的凳子矮了好一截，这样勉强挡不住后面的同学。值日时同桌是分为一组的，所以他总是帮着我干许多活，尤其是生火。他不是善于说话的男孩，总是默默地抢着干活。那时候男女生并不随便说话，所以我们不太和对方交谈，我只能报以感激的眼光，他看到了，也报以安静的一笑。那些安静美好的时光，像面前的炉火一样温暖。只是时光荏苒，田小军去了哪里？就像林立放的朴树的歌曲：那些花儿啊，散落在何方？田小军应该是一棵草或一棵树，他散落在哪儿了呢？我该到哪里去找他呢？他到底在哪里？

茶壶里水开了，白白的雾气，"噗噗"地顶着壶盖，壶盖就不停地被顶起，落下，顶起，落下。我就那么看着它运动，看着水汽蔓延，觉得这样挺好，何必那么着急去找田小军呢？说不定田小军也在另一个地方听着炉火声，过他惬意或不惬意的人生呢！这样胡思乱想着，就并不急着洗漱，只热热地喝了两杯水，头的疼痛明显缓解，随着身体变暖和，感冒的症状也明显消解，身体开始恢复了力量。

炉火的光淡下去，房间里明亮起来，有日光的晨曦充满屋子，天亮了。那些"嘎嘎"的声音逐渐增多，由开始的间断性变得密集起来，不断从头顶响起，那么清晰，像一声一声落在我的包顶。草原早晨静寂，这些声音分外明亮，但由于有了日头的轻抚，声音中的寒意消失，逐渐充满了阳光的气息。

蒙古族大姐进来，问早饭吃点什么，她好先准备。我说随便吧，只是别再有肉了。她笑："这地方的饭哪有没肉的，我们吃汤面，那你们也随我们吃吧。"我说："好，那个年轻人起来了吗？"她说："起来了，给我开了门，我给他生了火，又睡去了，年轻人，总是睡不到太阳照到屁股门子，是不会起床的。"我有些失笑，大姐的这话有意思。又有一连串"嘎嘎"声拂过，我问："这是什么声音？"大姐看了下炉火往出走："是黑老鸹。"我"哦"了一声，知道是乌鸦了。

身体渐暖，就又有了出去的冲动。我赶紧倒水刷牙、洗脸、化妆。我又看见那个创可贴，静静地躺在化妆盒的夹层里，我自己笑了自己。想想外面一定很冷，打开行李箱，想再找一件厚衣服，才想起没有带许多的厚衣服，因为根本没有料到草原这个季节会这么冷。只好拿出一件衬衣，套在里头，也只能这样了。

阳光已经洒满草原，枯黄的原野上浮起一层淡淡的雾气，夹杂着光，恍惚迷离。远处有一两只狗在光里嬉戏、追逐，更远处的包群上有炊烟袅袅升起，没有一丝风，炊烟团团直上，泛着湿漉漉的光泽。不远处的栏圈里面有几匹马吃草，它们的皮毛上同样闪着一层晨光，摆动的尾巴周围，仿佛能看见流动的光线。大片的乌鸦从远处飞起，穿过蒙古包顶和我的头顶，飞向另外一个方向。它们的翅膀上，闪着金光，声音里也仿佛闪着金光，湿漉漉的金光。

我顺着乌鸦飞去的方向走去。原野分外开阔，山坡与山坡形成的弧线，将原野切割成一片一片青黄色的色块。依然有露水，鞋子很快就湿了，很冷。那些一群一群的乌鸦，一会儿停在电线杆上，如密集的逗号般；一会儿落在某个低洼处，在啄食什么。我走近一看，是动物残破不堪的尸体。见我走近，那些乌鸦忽地飞起，扑棱棱的声音那么响，吓我一大跳，仿佛它们要啄食我似的。然而它们并不啄食我，而是飞向不远处，一部分落在电线杆上，一部分落在地面。

对面娱乐场所的招牌很清晰地展现在我视野里：希拉穆仁赛马场。看上去比我昨晚住的包群要大许多，而且有一些看台连续，大概是观赛的台子。记得昨晚灯火辉煌，很热闹的样子，现在却分外冷寂。

虽然太阳已经升起半竿高，但我还是发冷，毕竟有些感冒吧。我往回返，却看见有人从远处疾驰而来，那娴熟的身姿在早晨的阳光里,分外优美。他从我身边闪过,能感觉到腾起一股风,像要把人卷起一样。我本能地躲了一下,那冷气让我打了个寒战。我赶紧掩了掩衣襟,朝蒙古包走去。那人却拉紧马缰,我看见马立起前蹄,叫了几声,立住,停下,整个过程一气呵成,马的姿态在阳光里,矫健极了,帅极了。我被这骑马人与马迷住了,草原汉子原来如此潇洒。懵懂间,那人牵着马来到我面前:"喂,你好,起来了?这么早,冷的,出来做甚了?"是络腮胡子男,我这才确定真的是怀朔遇到的那个男子,原来他是个牧马人,可之前怎么一下也没把他和牧马人联系在一起。我笑了:"原来是你啊,真巧,你也在这里。"他也笑:"是真巧,你怎么也来了这里了,看来你果然是个玩儿家,到处跑啊!"说着他自己就笑了。我打了哆嗦:"你是这里人吗?"他摇头,见我打哆嗦,从他马背上拿下一件户外男式棉衣,扔给我:"我说你穿得少吧,冷了吧,你把这个穿上,你们这些女人,爱美不顾身体。"他的语气不容置疑,我乖乖地接过穿上,虽然很大,像套了个袋子,却一下暖和了许多。他没有回答我,转身一下跃上马背,手里的马鞭一挥,马鞭在空中绕出了一个明亮的弧线:"你赶紧回去,小心感冒了。"说着就冲出去。我还没喊出:"我怎么还你衣服?"他的马已经跑出好远了。我望着他在晨光里驰去的背影,直到看不见了,才转过身来,朝蒙古包走去。

蒙古族大姐的房间散出好闻的饭菜气味,大概她正热火朝天地做饭。我路过她门口时,她说:"妹子,你出去来?外头冷的,你赶紧回包温一温,饭一会儿就好。"我朝着林立的包望着,问:"姐,那大学生起来了吗?"她笑:"没呢,我说过他得很晚才起,应该。我女儿就是每次回来,赖床不起,总是早饭吃成午饭。"我也笑,想起我的儿子假期也这样:"姐,你女儿现在干什么呢?"我走进她的房间,坐在她身边看她忙乎。她说:"上研究生。"我问:"哪里?"她说:"在北京。"然后叹了口气:"我说就上内蒙古的学校,离得近。再说,北京雾霾那么厉害,你看这草原的空气多好。可人家偏不肯,非要上北京的。果然,人家上了北航的研究生,一年也见不上几次。"我也叹了口气,表示对她的赞同。"那你老公干什么?"她说:"他在家放羊。"我有些惊奇:"你家不是这里吗?"她说:"不是,我家在武川,离这里不远。"我表示赞叹:"你厉害呢么,一个人开这么大一个店。"她有些自豪和羞涩:"哪里,谋生罢了。"我说:"你是蒙古族人吗?"她说:"是,但我老公不是,呵呵。"我有些奇怪,我了解到的是蒙古族和汉族通婚的并不太多,有也是汉族女孩子嫁给蒙古族男人,不太见蒙古族女孩儿嫁汉族男人。她看我奇怪,笑了:"我被他拐跑的,他年轻时是个唱二人台的,我那会儿跟鬼的了,喜欢的不得了,就跟他跑了。"我被她感染了,跟着她同时笑起来。我说:"那他对你很好吧?"饭已经做好,她一边把汤面盛到盆里,一边说:"就那样,男人该有的毛病他也有，吃喝嫖赌……"说着看了我一眼，笑说："不过他不赌，不能这样说。"接着她又添些水给空锅里："不过，女人有的毛病咱也有，这也怨不得人家，反正谁家不是这样过呢？"她接着说："要不你在这里吃，我就不给你端过去了？"我点点头，想起林立："姐，要不去叫叫林立？"她说好，就自己走出去了。

我站起来，在她房间里走动，看到她的卧室床头柜上，摆着一张全家福，她和她丈夫坐前面，后面站着她女儿，标准的全家福照。相片洋溢着喜庆和祥和，大概是过年的时候照的。她穿着蒙古袍，笑意盈盈地头偏向她西装革履的老公。她老公搂着她的肩膀，满眼爱意。她的女儿一只手搭在她的肩膀上，一只搭在她父亲肩膀上，身子微微侧向母亲。这时我听到她回来了，一边说："那孩子还不起，说不吃了。"我走出去，对她说："你老公真帅，你女儿更漂亮。"她说："好看又不管饭吃，顶什么用？顶用的话，我该在家享福了，用着开什么破店。"脸上却洋溢着幸福和自豪的笑容。

满满一大盆汤面，是羊肉汤面，上面飘着细细的葱花和香菜叶，香味扑鼻。她给我盛了一碗，我迫不及待喝了一口，确实好吃。我看着那一大盆说："就咱俩？"她也吃，嘴里呼噜呼噜响："我本来是给五个人做的，你和大学生、毕力格，还有另一个旅客。"我说："那他们呢？"她说："另一个旅客，也是个懒货，不起床，毕力格谁知道他跑哪儿去了。"我问：

"这个毕力格,你说他是白云养马的?"大姐说:"是,养了大几十匹了。"我说:"那他来这里干什么呢?你们很熟吗?"她说:"熟,他每年要来好多次,你看……"她指着外面栏杆里的那些马说:"这就是他养的马,供旅客骑的。"我奇怪:"他在白云养马,又在这里经营旅游?"大姐说:"不是,这里的经营户买了他的马,他是来看他的马。他的马在别的包群与旅游点都有,他就到处跑。"我说:"他这样跑,那他家里的马谁喂呢?"大姐笑:"他这人就是个浪子,到处跑,不过爱马,只要是他售出的马,他都要抽时间来看。再说了,他养的马,在他的草场里,平时也不太用人管,除非生马驹的时候。"我"哦"了一声。大姐接着说:"他爱瞎跑、爱马,娶了个老婆,人家嫌弃他瞎跑,不顾家,就不跟他过了,就离了,有个孩子跟着老婆。"大姐一边说一边摇头:"这个人啊,没法说,混账起来也混账了,好起来也可好了。"我很好奇,笑问:"这很矛盾啊!"大姐说:"谁知道呢,就那样,今早还说他要在我这里吃饭,结果到现在不见人影了。"我说:"今儿早上?我看到他了,骑马跑北面去了。"我想告诉大姐,我刚才因为热脱掉的外衣,就是他给我的,话到口边,又咽回去。大姐说:"这个人,就爱在马背上,只要有马的地方,他绝不坐车,你看外面还有些摩托,是有些游客不敢骑马,在草原上骑摩托也很好,他这人说'那点东西,冷哇哇的,哪能和马比呢。'"说着大姐笑起来:"他还说'这马和女人,一样也不能少啊。'他是这样吹呢,反正到现在,我都没看到他再娶老婆,不过人家也不着急。"我笑笑,不知道怎么回答,想起他扔给我外套的神情,心里莫名的"突突"动了两下,我放下碗:"姐,我吃饱了。"大姐也不劝我加饭,只说:"你看,我这也简单,许多旅客都是早上和我吃一样的饭,我也不多收,我也不会算,反正不管吃多吃少,就十五块吧。"我交给她钱,拿起毕力格给我的外套,沉甸甸的,硬硬的,有说不出的生猛与诱惑的气息。

回到包里,已经九点多,手机里依然有两条信息。一条是:"早点往回走。"依然是这样的口气,我摇摇头。另一条是:"美女,到哪儿了,也不告诉一下。"我依然觉得无聊,删掉,同时在想,要不要删掉这个无聊的人,反正也没见过,但想想,也没觉得有多讨厌,手从删除键上收回,管他呢,这世上什么人都有,就让他存在吧。

炉火还温,有一缕阳光从窗户洒入,正好在我床单上形成一大片光斑。我从背包里拿出一本书来,是川端康成的小说集。我躺在那块光斑里,斜倚在枕头上,看《伊豆的舞女》:"……她赤身裸体,连块毛巾也没有。这就是那舞女。我眺望着她雪白的身子,它像一棵小桐树似的,伸长了双腿,我感到有一股清泉洗净了身心,深深地叹了一口气,嗤嗤笑出声来。她还是个孩子呢。是那么幼稚的孩子……"

敲门声传来:"姐,姐,你在吗?"是林立,我跳下床,打开门。他却并不进来:"我以为你走了呢?"我邀请他进来:"不走,我今天不打算走。"这个"打算"连我自己也莫名其妙,这个走不走的问题,我根本就没思考过,怎么就决定了呢?他并不进来,却很开心:"姐,我也不走。"我说:"好啊,那你吃饭了吗?"他有些不好意思:"我起太晚了,人家老板那里大概也没饭了,不吃了。"我说:"那怎么行,你去吃,老板那里有好多汤面,让给你热热。"他点头:"好,姐,你昨晚没事吧?"这回轮到我不好意思了:"还好,回来就睡了,你呢?"他说:"我没事,我一会儿就好了,我睡觉的时候就没事了。"他一边朝老板那里走,一边说:"姐,我本来想去百灵庙找我女朋友去,结果她说她大概下午过来,所以我就在这里等她。"他几乎是蹦跳着走开,能看出快乐不断从他年轻的身体里涌出来,我由衷地替他高兴,这个沉浸在爱情里的孩子。

我继续躺炕上看书:"当她发觉了我们,一阵高兴,就赤身裸体跑到日光下来了,踮起脚尖,伸长了身子。我满心舒畅地笑个不停,头脑澄清得像刷洗过似的。微笑长时间挂在嘴边……"我感到无比安静,这一路上,我还从来没有像这样安静过,踏实过。阳光晒得我的腿上暖融融的,我忘了我是在旅途中,我以为我是在一个安心的地方:是我母亲养大我的家?是我孩子乱跑的家?还是我读过书的时光?是看着田小军坐在矮凳上,认真做作业的教室中……我换了个姿势,继续看书。

敲门声又起，没等我反应过来，却是人随着声音已经推门进来了，是毕力格。我有些慌张，赶紧坐起来，掩盖自己刚才躺着的不雅姿势，竟有些手忙脚乱。他却没在意，一屁股坐在椅子上："呀，你看书了？"我跳下地来，给他倒了一杯水，手有些哆嗦，水就洒在杯子周围，幸亏已经不烫。他看着我手忙脚乱的样子，笑了："我看你那天不像个毛手毛脚的女人啊，今天怎么了？"我不知该怎么说，脸有些发烫："不好意思，可能感冒了，有些发软。"我编了个谎，觉得连自己都不相信。他对着外面喊："斯琴姐，斯琴姐，来一壶奶茶。"又对我说："这水不热了，喝奶茶吧，你等着，我给你拿些感冒药，你们这些人就是不省心，那么早跑出去，不感冒才怪了！"然后不由分说，就走出去。

我赶紧整理了下衣服，在门口的镜子里照了照，还好，除了脸发红外，一切都看着正常。但我还是整理了下头发，由于躺了会儿，头发好像有些凌乱。不一会儿他就进来："我给你拿了点胶囊，你喝了吧，要不即使现在没感觉，晚上也会加重的。"他看我疑惑，说："你吃吧，我知道你们在草地会感冒，这是最常用的药。"他的眼神有种不容置疑的坚决，让人无法拒绝。我只好喝了那几粒药，他一直看我喝下去，才笑着说："下午再吃一顿，到时我给你再拿几颗来。"他走过去，拿起我的书，看了下："川端康成，这么长的名字？"

我笑："一个日本作家。"他又把书放下："怪不得是四个字。"接着就坐在椅子上笑："一看你就是读书人，都读成书呆子了，连自己都保护不了，要么腿被扎破了，要么感冒了，要么就喝多了。"我有些不好意思。他看我不自在，说："跟你开个玩笑，读书总是好的，哪像我们这些土包子。"

　　蒙古族大姐提着茶壶进来，有些惊奇："毕力格，你俩认识？"她把茶壶放桌子上，转身要出去，对毕力格说："大学生刚吃了饭，还有些，你吃吗？"毕力格说："认识，我们在怀朔就认识了。已经是老朋友了。"他朝我挤了下眼睛，狡黠而可爱。然后他对大姐说："我不吃了，我在别人家吃过了。"大姐边走边说："你呀，真是个浪子，流浪的浪子。"

　　毕力格呵呵笑，抽出烟来，竟然是细烟，给我一根，他自己一根。我有些慌乱，不知道该接还是不接，一个女人抽烟，会让他怎么看？可是我还是无法拒绝，犹豫着就接过来，他给我点燃，又给他自己点燃。烟雾里，我开始放松，我说："我以为你讨厌我了呢？"他问："为什么？我才不讨厌女人呢。"自己就笑。我说："在去怀朔的车上，我阻止了你抽烟……对了，你怎么知道我抽烟呢？"他还是轻轻笑："感觉啊，感觉。"我说："你这感觉真厉害，抽烟的女人可是不多，你怎么分辨出来的？"他吐了一个漂亮的烟圈："直觉，就是感觉，你那天阻止我的时候，我就知道你会抽烟。"他问："你叫什么名字？"我说："花铃。"他重复"花铃"两个字，声音

牧马者　081

轻轻的，小心翼翼的，然后说："我叫毕力格。"我说："我知道的。"语气也轻轻的，像是担心被窥破某种不可告人的秘密。他笑："一定是斯琴姐，这个姐呀，嘴多得像草原上的马粪。"我不禁笑出来，为他的这个比喻。他盯着看我笑的样子，却没有发表意见。

我们倒了奶茶，一边喝，一边继续聊，他问："你总一个人旅行？"我说："不是，偶尔，我是寻……"我没有接着说下去："我只是偶尔，平时没时间。"他看我欲言又止，却没再追问下去。我突然想起，我还拿了他的外套，就赶紧从炕上取下来："谢谢你，你的衣服。"他没有接，只是深深看了我一眼："你穿着吧，这里一早一晚冷得很，再说，你一会儿跟我骑马去，风大，你得穿着。"我又被惊到不知所措，我想拒绝，但却实在拒绝不来。我只好嗫嚅着："我不敢骑。"他一边起身一边说："穿上我的那个外套，咱们走。"我顺从地穿上他的外套继续说："我不敢骑嘛！"他一把拉起我的手，往外走："你怕甚了，有我了么！"我要往出抽我的手，他使劲握住，我能感觉到那股力气，强大而温暖。我只好作罢，他一直不放开："有我了么，你怕甚了，我教你，只要你方法得当，马可听话了。"我默默地被他拉着，裹挟着一般，朝围栏里的马匹走去。

如风而过

　　围栏里有七八匹马,在上午的阳光里,或低头吃草,或追逐嬉戏。毕力格拉着我走过去,从旁边包房里出来个汉子,朝着毕力格笑。毕力格放开我的手:"你在这儿等着,我去选匹马来。"然后一边和那汉子说着什么,一边拉开围栏门。他们说的是蒙语,我完全听不懂。那汉子在围栏外边说着什么,边挥舞着手,指着围栏里的马匹,大概是告诉毕力格选什么样的马。毕力格笑着,不理他,径直走向一匹白色的马,回头看我,我只能笑笑,不过早已看到这匹白马,身上有着很漂亮的毛色。他对那汉子说着话,又牵起另一匹棕黄色的马,走出来。他把白色的马缰绳交给我:"我觉得你喜欢白色的,所以给你牵了它来,而且这马也温顺。"我接过缰绳,马看起来确实很温顺,只轻轻地摆着尾巴。我摸着它长长的马鬃,心里没有一点底："我不敢骑，我真的不敢，我没骑过。"我实在不好意思，觉得要辜负他的美意，心里万分过意不去，所以声音里底气明显不足。他牵着的那匹棕黄色的马，比这匹白色的要高大一些，看起来很矫健。他说："你怕甚了么，有我了呀，我教你。"然后他回头又对那汉子说了什么，那汉子回答着什么，然后两人同时大笑。我牵着那匹白马站在那里看看汉子，再看看毕力格，不知所措。毕力格笑："没事，咱俩先牵着马走走，你熟悉一下，一会儿再骑。"

我们牵着马，朝草原深处走去。我说："你们说蒙语的时候，我什么都听不明白。"他微微笑："也没说什么，开个玩笑罢了。"他抚摸着马鬃说："他的马都是我卖给他的，所以每匹马的性情我都知道。"他看着我牵的马："这匹白马，其实就是用来给女士骑的，这个品种本来就温顺，再加上驯的时候，注意方法，就更温顺了。你看这匹，"他指着他牵着的马，"这品种，不一样吧，明显比那个要大，骑起来非常猛，又快。"他看着我："你先骑上去，试试？"我小声说："我不敢。"他笑："你昨晚喝酒的劲儿哪去了？能喝酒的女人，应该也能骑马，你先试试。"然后走过来，要扶我上去。我急忙本能地躲了一下："昨晚是我第一次喝多，我真不敢，真的。"我的语气甚至有些祈求了："要不，你自己去骑吧，我真不敢。"我下意识地朝后退着。他无奈地笑："你别躲呀，这是骑马，又不是骑老虎。"然后一把抱住我的腰，往马背上放，我惊叫一声，抱住他的脖子，不敢看马。他叹口气："好吧，你只坐上去，我牵着你的马，好吗？"一边说一边拉开我抱紧他的胳膊，继续往上扶我。

那匹马一直乖乖地站着，并用湿漉漉的眼睛扭头看我，我看着马有些温柔的眼神，稍微有些放松，就顺着他的力气骑上马背。他放开我，"噌"一下翻上他的马背，手里牵着两根缰绳，另一只手轻轻拍了一下他的马背，两匹马就走起来。我胆战心惊，在马上前仰后合，几乎是喊起来："你不是说，牵着走吗？怎么你也骑上了？"我努力控制着自己的身体，但还是有些不稳，我试图伸出手拉住他，却闪了一下，要掉下去的样子。他"噌"地跳下来，一把扶住我的身体："好好好，我牵着走走。"我出了身冷汗，脸立马发烫起来。我说："不好意思，要不你骑吧，我下马就站这里看你，我实在觉得害怕。"他看我这样，只好无奈地笑："好吧，没想到你这么胆小。"

他示意我扶着他的肩膀。我扶住他，他一把抱我下来。脚一挨地，我长长地呼了一口气。他看着我又好气又好笑，掏出一张纸巾，顺手擦了擦我额头，大概我出的冷汗，从额头上渗出来了。我又本能地躲了一下，他笑："你看，自己出汗了还不知道，骑个马把你怕成这样。"我说："告你说我没有骑过嘛，你偏要让骑，还不是怪你！"说完，突然发现自己怎么用了这种语气，着急间，又有冷汗往出冒。他直接上手

如风而过　085

摸着我的额头,把贴在脸上的头发拨拉起来:"你怎么这么能出汗,好了,不骑了,这样吧,咱俩骑一匹马,我骑,你坐我背后,抱紧我就好。"我看看他:"哦……行,可能穿太多了,我把你这件棉衣脱了吧。"他赶紧说:"别脱,一会儿骑马,风大,呼呼的,你受不了。哪里是衣服的过,是你自己感冒着又害怕才出汗的。"我不敢看他的眼睛,心里有只兔子在蹦蹦跳,想着,这是什么事嘛!我说:"那这匹白马怎么办?"回头望望马的围栏,已经有一截路了。他一边扶我上马,一边自己上了马:"咱把它送回去。"他的背很宽厚,我坐在他背后,想抱住他,又觉得不好意思,手就不知往哪儿放。他脸侧过来对我说:"抱住我,抱紧,你不是害怕么?抱紧,小心马走开,就又害怕地闪你一下。"

他的右手轻拍马背,马走起来,犹豫间,我还是伸出胳膊,轻轻环抱住他的腰。他一边说"抱紧",然后两腿一夹,马就小跑起来,马一跑,我的身体朝后闪了一下,我赶紧使劲儿抱住他的腰。他嘴里发出吆喝的声音,马跑得更快了。随着马跑,他的身体也自然起伏,一颠一荡,然而却很稳。起先,我的心紧紧揪着,慢慢就适应了。

马越跑越快,不一会儿就到了马围栏,他放慢跑速,我看见那个汉子站在围栏前望着我们。他把白马缰绳给了那汉子,那汉子看着我们笑,不知说些什么。他不理那汉子,敏捷地调转马头,腿再次一夹,同时手轻拍马背,马飞跑起来,越来越快。我看见草迅速后退，草间小径迅速后退，羊群迅速后退，马群迅速后退，河流迅速后退，头顶的白云后退。整个草原仿佛只有我俩是静止的，快速地静止。我把脸贴在他背上，他的背因沾满阳光而温暖，我的胳膊再次放松，紧紧抱住他的腰，他伸出一只手，握紧我的手，粗糙宽厚湿热。

我侧脸看天空，天空阳光灿烂，我睁不开眼睛，只能眯缝着。天空流光溢彩，白云悠然静止，一两只大鸟静止。风静止无声。我是谁？骑马的人是谁？我从哪里来？他从哪里来？我在干什么？他在干什么？我要到哪里去？他又要到哪里去？然而这些多么不重要。我感觉自己在空中飞翔，静止地飞翔，像风一样自由，像阳光一样自由。像不存在一样安详，像虚无一样安详。

终于，马停止了奔跑。我在哪里？我依然闭着眼睛，脸上任由阳光与风轻轻飘过，我觉得这样就好，如果我不睁开眼睛，那么时光就一定永远停留在此刻。谁的手，在我脸上抚过，像日头，像云朵。我伸出另一只手，握住这只手，就让它停在脸上别动。我困了，我想就这样停着。他的另一只手，再次握紧我的手，轻轻拿起，手背上感觉到一个轻轻的亲吻。我一个激灵，是，我在毕力格的马背上，我在毕力格的背上。是毕力格握着我的手，在唇边亲吻。我赶紧抽出手，坐直了，眼前一条清澈的小河，在不远处缓缓流淌。毕力格没有动，不说话。我把两手放回自己衣服兜里，身体向后挺直，不说话。空气里是我们俩呼吸的声音，马摇摆尾巴的声音，河水轻流的声音，甚至还有风的声音，谁的心跳的声音。不知多久，我听见自己说："让我下来吧，我想下马。"我挪动着身子，想从后面下，然而腿却别着，没法动。毕力格轻轻伸过手来，我把手放到他手掌里："我要下去。"他把我的手牵到他前面，我的胳膊就又环住他的腰。他说："没事，你放心。"我自己感觉脸腾地红起来："我知道。"我不知道他的话什么意思，我也不知道我说的是什么，仿佛这两句话不是说出来的，就是一种客观存在，许多年前就存在了。

毕力格问："为什么来草原？"

我说："不知道。"

"哪有这样的旅行？"

"不知道。"我看着前面的河水，又说："可能是寻找吧。"

"寻找什么？"

"不知道，我也不知道。"我摇头。

"你知道我那天为什么在怀朔下车吗？"

我摇头："不知道。"

"想知道吗？"

我不说话，我不知道该怎么说，我想知道又如何，不想知道又如何？

"因为你，我才在怀朔下的车。"

我有些吃惊："为什么？"

他轻轻笑:"我也不知道。"

我也笑起来,是的,我们都不知道,什么都不知道,但事情在发生,就这样。

他放开我的手,笑出声,我能感觉到他的放松:"我也不知道,反正你下车,我就下了车,其实那天我要到百灵庙的。"他说着翻身下马,朝着我呵呵笑,伸出两手,示意我跳下来。我翻身跳下,跳入他有力的臂弯:"你真有力气,我跳下来,你接着毫不费力的。"他放开我:"我是做甚的了,每天驯马,胳膊上有的是力气。"说着再次一把抱起我:"抱你两个都没问题。"然后笑着转圈,我伸展开胳膊,大声笑起来,看他:"再转,转快点。"他快速转起来,我再次感觉飞起来,轻盈的,放松的,快乐的。风在我们周围随着转圈而打转,我仰起脸,阳光再次落下来,砸下来,棉花般砸下来。然后我就掉下来,落在草地上。他也倒下去,倒在草地上。我大笑他:"你没力气了吧?"他一只手依然拉着马的缰绳,气喘吁吁:"没力气了,你太重了,你该减肥了!"然后一骨碌滚出好远,马正低头歪摸着吃草,也被他拉了个趔趄。我抬头看见一只雄鹰,在高空滑翔。我立马反驳:"胖也没吃你的!"他转过头:"你别说,若吃我的话,你还真胖不了。"

我坐起来,望着流向远方的河水:"为什么,你们蒙古族人吃的都是肉,怎么会吃不胖呢?"他一个鲤鱼打挺站起来,走到河水边,捡起一块石片,俯身抛出,水面上出现漂亮的连续水花。他说:"那你看我胖吗?"我说:"不胖啊。"他把马拉到河水边,马低头喝起水来,我看见马的倒影在水里,与云朵的倒影映衬,清晰可见。他说:"吃肉不见得胖,主要是我们每天驯马、骑马、活动的,哪能胖了呢。"我点点头,确实是。他接着说:"你要是吃我的的话,我一定让你学会骑马,那时你就会爱上马,你就会骑马疯跑,你就自然胖不了。"我笑着说:"你就是因为养马、驯马,爱上马的?"他说:"也不是,我是爱马,我们蒙古族人,本来就是马背上的民族,生来就爱马。而马这东西,你越喂养它,你就会越爱它。"他叹口气:"没办法,我就是爱马。"我点点头,想起我丈夫曾经说过一句话:"车这东西,如果你每天收拾它,擦洗它,你自然会爱上它。"

一缕风刮过,我突然有些沮丧:"那你为什么离婚呢?"他笑:"你怎么知道的?"我说:"斯琴大姐啊。"马不再喝水,他把马拉过来,坐我旁边:"这个大姐,嘴真多。人家不和我过了呗!又不是我不和人家过。"我说:"是因为你太爱马了吗?"他叹气:"大概有这方面原因。"我轻轻说:"你如果能像爱马一样对你老婆,你越呵护她,就应该越爱她啊。"他揪起一棵草,嚼嘴里:"人和马不一样,我也不知道,反正人家对我不满。谁知道呢,日子还得过,谁也不知道结局。"他反过来问我:"你呢?"我说:"什么?"他说:"你的情况啊。"我说:"没什么情况,一般家庭。"他"哦"了一声,不再问我，我也不想谈这些，我们就那么坐着，听河水潺潺，听微风细细，看云朵悠然。

我看见远处有一些野菊花开放，就跑过去，摘了几朵，插在自己的鬓上，他笑："这时代，还有女人插这些花，人家都披金戴银呢！"我笑笑："不好看吗？我喜欢这些花花草草。"然后又坐下，看着天空发呆。远处传来歌声，听不清唱什么，但旋律很好，声音低沉有力。他说："我给你唱支歌吧？"我说："好啊，但你能不能唱汉语歌，蒙语我听不懂。"他点头，然后就唱起来，是那首脍炙人口的《鸿雁》："鸿雁，天空上，对对排成行……"他的声音同样低沉，却充满磁性，很好听，我不觉也跟着唱起来："……秋草黄，草原上琴声忧伤。"唱完，我说："你唱得真好听。"他说："我们那里的男人都唱得好。"我说："蒙族人天生嗓子好。"他说："哪里，主要是草原空阔，人和人说话，要喊，喊着喊着嗓子就好了。"说着，就为自己的这个解释笑起来："还有啊，草原歌曲，我们自然有感情。"我点头，觉得很有道理。

他掏出两根烟，依然是细的，给我一根，他自己一根。我点燃，吸一口，烟雾在风中一下就散去，仿佛烟雾从来没存在过。我说："你怎么也抽细烟，这是女士才抽的。"他笑着从兜里拿出另一盒烟，是粗的："你看看，我一颗红心，两手准备，遇到男士抽这个，遇到女士抽细的。"我说："你还真有心呢！"他朝我狡黠一笑："我的心确实是真有呢，要不你

如风而过 091

摸摸，你看，真实存在。"我白了他一眼："好像我的心是假的似的。"他一边站起来，一边说："你还别说，真不是所有人，都有一颗真心。"他站起来时，手伸向我，一把把我也拉起来："走，我带你再骑一圈，然后回家，咱休息一下，晚上我带你去参加篝火晚会。"我站起来，被他扶上马："哪里有？"他也跳上马背："抱紧我，希拉穆仁赛马场。"我自然地伸出双手，抱住他的腰，他用手摁了摁我的手，仿佛是给我力量似的："抱紧啊，这次我会骑得更快，你得使劲抓紧啊。"我点点头，不再说话，只用了用力，表示我会抱紧他的。

我再次飞在草原上。他左手依然紧握着我的左手，右手握着缰绳，我脸靠着他的背。此刻，他的背像一堵温暖的墙，把风隔在马前，把所有过去的物事隔在马前，我就在当下。阳光拂照的当下，白云无心的当下。广阔的草原被我们丢在身后，羊群被我们丢在身后，那个唱歌的牧人被我们丢在身后，那蜿蜒的河水被我们丢在身后，所有的都被丢在身后。我好像说："毕力格，快些，再快些，飞起来。"说出的话被风吹散，毫无声息，或者我根本就没有说出来。毕力格身子前倾，他自己反而更像一匹马，驰骋在风中。

不知道跑了多久，感觉是一小会儿，也感觉是很漫长，马停在了我住的蒙古包前。毕力格跳下马，把我抱下来说："还行吧？"我点头："很好，太快了，像飞一样。"那个汉子不在，马围栏里的马只剩两匹了。毕力格把马关进围栏，对我说:"你不是害怕,现在感觉好了吧?"我不好意思地笑笑:"我不是没骑过嘛。"他说:"明天,你自己骑。"我不知道该怎么说,明天,明天我该走了吧?他并不等我回答:"你先回去休息一下,一会儿咱吃个饭,我去告诉斯琴大姐,给咱做点饭。"我点点头,朝自己的蒙古包走去,确实累了,我得赶紧休息一下。

路过大学生包的时候,门上着锁,难道走了?他不是说他女朋友要来吗?斯琴大姐早就看到了我们,已经给我打开门,并且送来一壶热茶。我喝了一杯,赶紧爬上炕,觉得整个身子要散架了,才想起马背上,毕竟颠簸。我拉开被子盖上,不一会儿就睡着了。

睡梦中被叫醒,是斯琴大姐。她隔着门喊:"花铃,花铃,吃饭了,一会儿给你端过来。"天,大姐也知道我的名字,估计是毕力格告诉她的。我回答着,从炕上起来,整理了下自己,打开包门,朝外张望。正好看见大学生林立和一个女孩子的背影,女孩子背影窈窕,长发垂散,在背上瀑布一般流动,两人朝林立的蒙古包走去,估计是林立的女朋友来了。转过身,刚坐在椅子上,大姐就把饭菜端过来,是一小盆土豆炖牛肉,一小盆米饭,还有一小盆蛋汤。我很惊奇:"姐,我没点这呀?"她说:"你睡了,毕力格告我说做这饭啊,这个毕力格,你自己问他吧。"我摇摇头笑了。毕力格也走进来:"大姐,今上午我和花铃骑马去来,花铃不会骑,骑

如风而过 093

了一会儿就累了,我就报上饭了。"大姐狐疑地看着我俩,我不好意思地笑笑:"是,大姐,我们骑马去来。"大姐还是狐疑着,摇头走开。毕力格冲着她的背影一笑,对我说:"管她呢,咱吃饭吧。"他盛了饭给我:"我不知道你喜欢吃什么,但斯琴大姐说,你不太吃肉,所以就让她做了土豆炖牛肉,不知道你喜欢了不?"然后他自己就大口吃起来。我说:"挺好,谢谢啊。"他头也不抬:"谢甚了,吃吧,你不饿呀,我都饿死了。"我确实也饿了,看了下手机,已经是下午四点了。怪不得饿了,早上九点多吃过饭,到现在了,能不饿吗?到了希拉穆仁,吃饭都不规律了。我一边吃一边说:"你不累吗?骑了一上午马,我觉得我骨头都疼了。"确实,睡起来的时候,就觉得身上有些疼,想是因为骑马颠簸的。他笑了:"我不累,我一天到晚在马背上,早习惯了,不骑马才会骨头疼。"他吃饭很快,已经是第二碗了:"你真是个女人,娇贵得很。"我解释:"哪里娇贵了,从来不这样大幅度运动,突然这样,肯定会疼。"他看我一眼:"是啊,像你这样四体不勤,五谷不分的人啊……"我瞪他一眼:"你才四体不勤呢!"他看我认真的样子,哈哈笑:"好,好,我四体不勤,好吧?"我有点生气,不再理他。可是又觉得自己这是为什么呀,这有什么好生气的,这是个毫不相关的人啊,明天,或许就变成路人乙了。自己觉得很不自在起来,只好悄悄低头吃饭。

吃过饭,他不知道又从哪里拿出胶囊,让我吃。我笑着说:"谢谢你啊,你还记得我感冒啊,我自己都忘了呢,我已经好了。"他倒了杯白水给我:"那也得喝,你本来感冒没好,今天骑马又折腾,我担心你晚上会不舒服。"我接过水杯,喝了胶囊。

他晃晃他的手机:"我加你微信吧,行吗?"我说:"加上有什么用,这地方,有时候信号都没有。"他说:"那告我电话号码,一会儿出去我给你打电话。"我把电话号码告他,并说这个号码就可以加微信。他认真记下,然后站起身一边端盆碗出去,一边对我说:"我出去一下,你再歇会儿。一会儿来接你。"我问:"你要去哪里?"但他人已经走进大姐房子,大概没听到我说什么。

我想去大学生包看看,看他到底怎么样了,这一天干什么去了,想想他女朋友来了,去了不太好吧?但还是朝着他的包走去,门却是锁着的,看来是出去了。我只好回到自己包里,依然斜躺在床上看书,依然是《伊豆的舞女》:……一般人我下不过。跟她下,用不着特意让一手,心里很愉快。因为只有我们两个人,起初她老远地伸手落子,可是渐渐她忘了形,专心地俯身到棋盘上。她那头美得有些不自然的黑发都要碰到我胸部了……我可能太累了,又慢慢睡着了。恍惚间有女人进来,是那个一直和我如影随形的女人,她从哪儿进来的?她轻轻上炕,呼唤我的名字:"花铃,花铃……"依然是绿色的幽香,她躺我身边,从背后轻轻抱住我,像云彩覆上，柔软、轻盈。我翻身，转过来，惊了一下，怎么是男人的脸，模糊的男人的脸。一下醒来，哪有什么女人，哪有什么男人？我这是在哪里？又是一身冷汗！我这是怎么了，一惊一乍，我使劲儿摇摇头，努力使自己清醒，使自己从惊吓中出来。我用衣袖抹了抹额头，又是冷冰冰的汗，大概感冒确实没好，要不为什么这样呢？

电话铃响起，我看了下手机，是个陌生号码，就挂掉。对了，我是在内蒙古啊，我是在蒙古包里啊。对了，刚才的电话会不会是毕力格打过来的啊？我拿起手机准备打过去，手机又响了，是刚才的号码。我接起来，是毕力格的声音："花铃，你刚才为什么挂电话啊？"我说："我做了个噩梦，刚醒来，又是个陌生号码，不好意思啊。"他说："就你这样子还出门旅行呢？好了，出来，我在外面等你。"我挂了电话，把被子收拾好，穿好衣服，走出蒙古包，却不见毕力格，我东张西望都没看见。我打过电话去，他却挂断，接着就听到大喊声："花铃，在这儿，你看，你看……"我顺着声音，原来在不远处的马背上，是一匹枣红马。他手里捧着一小束野菊花，是那种白色的野菊花。梗并不长，他使劲儿摇着手，那菊花就分外明显。斜阳，照着他和他的马，以及菊花，因为晃动，显得亮晶晶而迷离模糊。天，他哪来的这花朵？他驱着马朝我走过来，我觉得自己这是走进了童话，天，这是干什么？他到了我跟前，一把把我拉上马背，我已经很熟练了,毫不费力就坐了上来。他把花交给我,我说:"哪来的?"他并不着急骑快马,只那么让马慢慢走着,说:"好的没有么,这东西,草原上到处都是。"我小心翼翼地捧着它:"谢谢你啊,你怎么知道我喜欢?"他说:"你看你,手里拿着花,那就小心坐稳,你不是说你喜欢这些吗?"我反问:"我说了吗?什么时候说的?"我自己都觉得自己强词夺理,声音就低下来。他笑:"说不说不要紧,你喜欢就好。"温暖的感觉又上来了,这是个什么样的男人啊,这个路人乙般的男人。马走得很缓,我说:"你为什么不骑快啊,你不是爱骑快马吗?"他笑:"你真是个傻子,你手里捧着花,你的手不空着,抱不住我,我敢骑快马吗?掉下来怎么办?"我不好意思地笑,把花拿在一只手里,另一只手,环住他的腰:"谢谢啊,不好意思,我就是有点傻。"他依然伸出手,握住我环着他的手,粗糙、温暖。他说:"慢点就慢点吧,草原的黄昏可好看了,那些来旅游的人,最喜欢拍黄昏时的景色,咱走得慢点,你好好欣赏欣赏。"

是,黄昏来临,草原几近壮美。西边天空,彩霞翻飞,一直翻飞到半空中。赤橙黄绿青蓝紫,远远不够描述,把每种颜色稀释,稀释过程中呈现出的颜色都有,说不出的美,说不出的绚丽。有大鸟,一只两只,一群两群,与彩霞同样翻飞的姿态。远处有羊群归来,牧羊人走在前面,他们一同沐浴在霞光里,好看得不真实。我把脸靠在毕力格背上:"真美,太好看了!"毕力格不说话,只是让马走得慢点、更慢点。我也不再说话,草原的美说不出,我遇到毕力格的奇妙也说不出。马缓缓前行,毕力格轻轻牵动缰绳,夜缓缓降临。我们一起走向希拉穆仁赛马场,走进夜里。

一束野菊

希拉穆仁赛马场在一块非常宽敞的草地上，零零星星有好几十个蒙古包，包前是一长串看台，看台前是一个大场子。场子里面砌的是一圈水泥，而中间是原始的草坡。草坡中间搭着一个大大的帐篷，里面灯光明亮，有人影晃动。毕力格说，这个赛马场，那达慕的时候人最多，因为那达慕时有盛大的赛马比赛，那场面真壮观。毕力格的眼睛闪着明亮的光泽，神情。我们跳下马来，他把马拴在一个看台前的柱子上。凉意袭来，我缩了缩脖子。毕力格伸出胳膊要搂过来，我急忙躲开。

他把胳膊放下，只是笑了笑："夏天的时候，这个地方很热闹，旅游的人多，歌舞团就来了，小商小贩也布满周围。"他带着我朝一个较大的包走去："现在天已经冷了，赛马场的生意就到了淡季，但偶尔会有个别小型歌舞团来。"

我有些不解："游客这么少，歌舞团来了给谁表演？"

"游客是少些，但不是纯粹没有，总有一些人，会在秋天来，比如像你这样的。"他朝着我笑："不过冬天就几乎没了。"

"歌舞团为这些寥寥无几的游客？那不赔死了。"

"一般这时候来的歌舞团，是小型的，多是那些民间组织的，或者艺校毕业的孩子，五六个人，或七八个，有时候只是三四个。"一辆车从我身边开过，毕力格轻轻推我到边上："小心车！再说这些歌舞团，一般也是一些蒙古包老板的朋友，捎带着看朋友，有游客的话，顺便就演出，没游客的话，他们自己红火。"

我们进入那个大蒙古包，包里已经有七八个人，其中三四个穿着蒙古族服装。我竟然看见林立坐在炕上，旁边是那个长发女孩子，她面皮白净，神情安静。林立也看见我，一脸笑意，向我招手："姐，你也来了？"我走向他俩，挨着坐下，毕力格却和一个穿蒙古族服装的男人说话去了。林立把他面前的茶给我倒了一杯，脸转向那个女孩子："这个姐，是来的路上认识的。"接着转向我，脸色有些不好意思和些微的骄傲："姐，我女朋友，罗格桑。"女孩子胳膊肘轻轻触碰了林立，对我笑："你好，姐。"这时毕力格走过来，端来一些手抓肉和啤酒，挨着我们坐下。林立看着毕力格，有些惊讶：

"姐?"毕力格却抢先说:"也是游客,就一起过来了。"我不知所措地笑笑:"嗯,是,也是住咱们那儿的包里的。"不知道该怎么解释,只好顺着说下去。林立伸出手,和毕力格握手:"大哥,你好,我叫林立,这是我女朋友。"毕力格笑,包里柔和的灯光打在他脸上,线条刚硬:"你好,我叫毕力格。"他看看林立女朋友:"好闺女!"然后悄悄竖起大拇指给林立看。林立女朋友罗格桑却看到了,偷偷看我,轻笑,把脸悄悄藏在林立身后。毕力格对我们说:"吃吧,喝点啤酒。"林立和罗格桑两人坐的是小桌子,由于我和毕力格也坐过来,就显小,毕力格转头对那个中年男人说了几句蒙语,又转向我们:"这是我朋友,我昨晚就是在这里吃了饭,看了表演,才过了斯琴大姐那里,结果遇到你俩喝多了。"林立急忙摆手,看罗格桑,又看毕力格。罗格桑倒表情淡然,只微微一笑。穿蒙古族服装的男人又拿来一个小桌子,两个桌子拼一起,并拿来四个啤酒杯,以及一箱啤酒。我看毕力格:"要这么多酒干什么?"毕力格笑:"喝呀。"我说:"不是看篝火晚会吗?"毕力格和林立都笑我:"篝火晚会几乎在半夜,至少在十点多,咱们先在这里待会儿。"

我细细观察这个包,确实是个酒吧的样子,只是不是桌椅满地,是一盘弧形的炕,炕上摆着大小不一的矮桌子,客人坐在炕上。炕对面是一个吧台,吧台旁边有一小片空地,用帘子隔断,里面坐着一个穿蒙古族服装的青年,抱着一把

一束野菊 101

电吉他，一个姑娘坐在旁边喝水。毕力格说那个男青年是老板的儿子，女孩子是他同学。又进来几个人，也是年轻人，同样穿着民族服装，女孩子化着浓妆，很好看。想必也是老板儿子的同学，或演出组的。我笑着说："这演出人员比游客都多。"毕力格看看周围，笑："也不少了，你看，也八九个游客了。"我环视一周，确实有八九个人，坐在桌子前，聊天，喝酒。毕力格倒了四杯啤酒："来，咱喝酒，相遇就是缘分，为缘分干杯。"林立一口喝干，罗格桑也干了，毕力格自然喝光了，我怎么办？我看看他们，看看酒杯，只好抿了一口，却觉得不好喝。毕力格说："啤酒还能这样喝了，啤酒就应该大口喝，又不是烧酒。"林立也说："姐，啤酒没事，喝吧。"我看看格桑，她对我点点头，我只好端起杯子，屏住气，一口喝干，并没有多难喝。大家看着我英勇悲壮的样子大笑，我的脸立马红了，毕力格说："赶紧吃点肉，一下就会习惯的，能喝白酒的人，喝啤酒一般没问题。"

　　对面的吉他声已经响起，伴着姑娘低声吟唱，我不知道她唱的是什么。歌声却随着吉他的旋律，在包里散漫开来，让人沉醉。林立向我解释："昨天，他的手机就是没电了，一直到晚上才充上。"格桑笑笑："是，我出去画画了，手机没电，没地儿充。"我想起林立让我看的她的照片，想象她在画架前的专注神态，专注的女孩子确实让人入迷。我问："你是专业画家？"格桑说："不是，我没学过，我是幼儿老师。"

林立从手机里找出一些照片，让我和毕力格看。是格桑的画，多数是油菜花田。画面使用大片的明黄色，像阳光反射的样子，密集得让人睁不开眼睛。还有一些人物画，也是大而空的背景，人物脸部线条模糊，却拙朴独特。

我不由赞叹："你真厉害，天才啊！"格桑笑："姐，你抬举我呢，只是喜欢而已。"我问："你画了几年了？"她说："两年，我辞了幼儿教师的工作后才开始画的。"我有些惊讶："你辞了工作，去画画？"她点头，喝了一杯酒："我喜欢画画，但一直没画，因为我读书、工作，好像就没机会拿画笔。"她又喝了一杯酒，说："可是有一天，我发现，我是真不喜欢教师工作，我得做自己喜欢的事情。"她笑着看我们："然后，我就画画了。就这样，一直到现在，一直没厌倦，就一直画。"我有些不解："你这也够洒脱了，那你有一天厌倦了画画怎么办？"她看我："反正目前我没厌倦，厌倦的事情，等厌倦了再说吧。"她举起酒杯，对我们说："来，干杯，以后的事情我们管不了那么多，过好今天就行。"说罢她干掉一杯，头轻靠在林立的肩膀，娇憨可爱的样子，与她刚才语气间的洒脱、坚决完全不同。毕力格对我说："你看，还是人家年轻人活得明白，不是吗？"我点头，喝干酒杯里的酒："真是老了，羡慕这些孩子们呢。"格桑和林立同时说："你们不老吧？只比我们大一点点。"格桑看着我说："再说了，老不老，应该在心态吧？"我说："那也是因为你们年轻，才有资

一束野菊　103

格这样说，真老了，或许不这样说了。"心中感伤就涌上来。毕力格又给大家倒满酒："喝吧，年轻呀老呀的，有甚说头了，反正咱今朝有酒今朝醉吧。"林立附和："对呀，喝酒。"这个在车上听歌的小伙子，原来是如此活跃的。

又起了什么音乐，节奏感很强，其中两个年轻人跳起舞来，嘴里低低地吟唱，没有歌词，只听见低沉的声音，像喉咙里发出的。毕力格说："他们这是呼麦，蒙古族特色。"

不知不觉，酒已经喝了不少，旁边的空瓶子渐渐多起来。毕力格对我们说："要不，咱们也跳去？"说着就要拉起我，我赶紧推开他："不行，不行，我不会。"林立却站起来，对格桑说："你陪着姐，我和他去跳。"说着两人就下了炕，和年轻人们一起跳起了舞。林立蒙古族舞跳得极好，抖肩送胯特别到位。倒是毕力格较为粗笨一些，然而肩膀抖得也好，大概和他骑马有关吧。

帘子后面的年轻人，一个弹吉他，一个敲鼓，还有一个拿着话筒唱歌。几个身着华服的姑娘翩翩起舞。其他座位上的客人，也有一些跳下炕，跳起舞来。一时间，蒙古包里人影幢幢，歌舞升平。

格桑的脸红红的，显然是酒喝得多了些，然而她很镇静，我却有些晕。格桑问我："姐，你一个人旅行？"

我点点头，问："格桑，你是蒙古族吗？"

她笑："不是，我是汉族。"

我笑了:"你的名字,是高原常见的花朵,我以为你蒙古族呢!"

她说:"许多人都这样说。但实际蒙古族姑娘才不这样叫。"

我笑,其实也是。我说:"你多大了?"问完就后悔了,却不知道怎么挽回,只好掏出烟,给了她一根,我自己抽一根。我记得林立说他女朋友抽烟。

我们点燃烟,烟雾就升起来,格桑的面孔掩在里面。她大概没介意:"姐,我三十了。"

我有些惊讶,一点都没看出来,她看起来至多二十三四的样子。

格桑抽烟的样子极美,她手指修长,指甲干净。她看向我:"姐,我是三十岁了,你知道吗?我已经是一个妈妈了。"

我又吃了一惊,就被自己的烟呛到,咳嗽起来。下面的音乐变得更为激烈,跳舞的人更多了。

我看格桑,她又端起一杯啤酒喝掉,脸色依然平静:"我是单身妈妈。"

我也喝了一杯酒,平息了咳嗽:"哦,那林立知道吗?"

她摇摇头:"不知道,他不知道。"

我有些糊涂:"林立很爱你。"

她点头,自己掏出烟来点燃:"应该是吧,他很年轻。"

我想起林立在大巴上说的话来,莫名地忧伤:"那你爱他吗？"

她深深吸了一口烟，看着我："姐，你相信爱情吗？"

我无法回答，多少年来，我已经不太思考这个问题，我只是觉得林立那么爱她："不知道……你爱林立吗？"

她兀自喝了一杯酒："说不来，可能吧，我喜欢他。"

她怎么能这样说，我甚至有些愤怒："可是他那么爱你！"

她大概听出我语气里的不满，递给我一根烟，给我点燃："姐，他还是个孩子，他需要成长。"

我还是重复："他真的很爱你！"

格桑低头沉思一会儿，烟头上挂着长长的白烟灰，她也不磕掉，只那么让它白白地挂着。她抬起头看着舞池："姐，他只是个孩子，会哭着喊着要他喜欢的东西。"她转向我，细长的眼睛沉静地看着我："姐，你会哭着喊着要你喜欢的东西吗？"

是，对呀，我会哭着喊着要自己喜欢的东西吗？我有过哭喊着要自己喜欢的东西，要不到誓不罢休的时候吗？好像小时候有过，要吃的，要穿的，甚至要母亲抱。有一年母亲要到别处去，我愣是拽着马车哭喊，直到马车把我拖了好久，母亲屈服。是啊，这样的经历怎么后来再没有了呢？我现在还会这样吗？不会了，为什么不会了呢？还真没思考过，不知道。然而却也不知道怎么回答，只好低头喝酒，深深吸烟。

格桑说："林立是个孩子，他是个孩子。"

我说:"为什么不告诉他?"

格桑笑:"姐,我怎么告诉他,是你,你会告诉他吗?他是个孩子,暖心的孩子,玻璃一样的孩子。"

我无法回答,只好说:"不知道……是我的话……不知道……不过,我没有这样的经历,我无法做出决定。"

林立在舞池里的身影,生机勃勃,帅气好看,格桑一直盯着林立:"我喜欢他,我也不知道,有些事情解决不了,就不去解决,交给时间吧。"她收回目光,端起酒杯:"姐,来,干一个,为不可知的未来。"

我喝光酒杯里的酒,心里五味杂陈:"那你的孩子呢,谁照看。"

她眼睛暗下去,低头喝酒,一点一点地啜干,抬头晃了晃头发,说:"是儿子,跟着他爸。"

我又觉出自己的唐突,低声说:"对不起啊!"

她倒笑了:"姐,没事,这是我必须面对的事实,说不说都摆在那里。"她给我斟酒,自己也斟满,说:"姐,再干一个,为必须面对的现实。"

我端起酒杯,看了眼舞池,林立正看过来,我朝着他笑,他也笑,笑容明净清澈,玻璃一样闪着亮光,溢着年轻诱人的光彩。我对格桑说:"好,干,为不知道阴晴的明天、后天,为必须面对的今天。"

音乐开始变得舒缓,人也安静下来。林立回到桌子旁,

一束野菊 107

挨着格桑坐下。我端起酒,对他俩说:"来,我敬你俩一杯。"格桑笑:"姐,为什么呀?"是呀,为什么呀,难道说为爱情干吗?我愣了一下,笑:"为你们年轻,干杯!"林立一只手搂着格桑的肩膀,说:"行,为年轻干杯,也为你干,你也不老啊!"我喝光,笑向格桑:"真是个会说话的小伙子。"林立嘟囔:"看姐说的,本来嘛!"

传来马头琴的声音,包里变得安静起来。原来是毕力格,正坐在凳子上拉琴。旁边一个姑娘把立式话筒移向他,他一边拉,一边唱:"在那遥远的地方,有个好姑娘,人们路过她的帐房,都要回头留恋地张望……"他专注地低头拉琴,歌声低沉,优美,我再次被他的歌声感染,跟着唱起来,所有人都跟着唱起来,所有嘈杂都停止,只剩下这旋律:"……我愿她拿着皮鞭,不断轻轻打在我身上。"

歌声停止,不知道谁喊了一声"好!"掌声就响起来。毕力格站起来,不好意思地向大家合掌鞠躬,像个做错事的孩子。老板走过来,拍着他的肩膀:"我看你还是加入我儿子的团吧,要不可惜了,一把好胡琴手。"毕力格一边朝我们走来,一边说:"算了吧,就我这半挂子,也只有在你这里表演表演。"林立给他倒起一杯酒:"你厉害了,大哥,你干什么的?"毕力格一干而尽:"厉害甚了,一个放马的。"林立好奇:"你骑在马背上,拉胡琴?太帅了!"毕力格大笑:"哪有那么大本事,我是平时一个人的时候,拉。"他独自喝了一杯酒:"一个人闷了,孤单了,我就会拉胡琴,草原上的夜很静,静到让人不知道该怎么办?"他笑着看我们:"所以,就拉琴,拉着拉着,就后半夜了,天就亮了。"

格桑递一根烟给毕力格,毕力格看看格桑,看看我:"咦,怎么碰到的都是抽烟的女人。"格桑和我都笑。

桌上的手抓肉已经凉了,格桑说:"要不叫他们热一下,大哥还没好好吃,只顾着唱歌了。"正说着,老板从门外回来:"该吃的快吃,没喝完的快喝,火堆都弄好了,一会儿就可以绕篝火了。"毕力格看还有两瓶啤酒,就给我们一一倒上:"不用热了,咱把这些喝完吧。"我也适应了这啤酒,几个人喝完,就走出蒙古包。

赛马场里,帐篷旁边的空地上,有三四堆柴火已经点燃,火苗与灿烂星空映衬,分外好看。旁边有几个人不断拨动柴火,火越来越旺,围着火堆的人也越来越多。乐队的那几个孩子,已经摆好桌子与凳子,坐在那里,开始演奏。音乐在整个场子里回响,说不出的美好,令人沉醉。我头有些晕,拉着毕力格的手,担心自己会不小心跌倒。毕力格看着我笑,眼睛里闪着不知道是星星还是火苗的光泽,温润又烫人。不知道是谁起了个头,人群就一边唱,一边转起圈来。我不会唱,只跟着转圈。起先,人们还几乎都是自己转自己的,步调也凌乱,后来,就全部手拉手形成一个大圈,步调一致起来。四周漆黑,繁星满天,整个天空那么低,低到星星要与

一束野菊 109

火苗连在一起。星光火光闪烁在人们的脸上，每个人脸上都流光溢彩，夜晚也流光溢彩起来。

　　一直到很累，大概火苗也累了，夜色就暗下来。音乐也累了，停下来。人们陆陆续续离开，场子里灯火阑珊，人影稀疏。林立拉着格桑走过来，对我说："姐，你是住这里呢，还是回去？"我有些迷惑，林立说："姐，我已经在那头退了房，把行李拿过来了呢。"我回头看毕力格："我得回去，我的东西都在那头。"毕力格说："要不你也住这里，我回去给你退房，取行李。"我看看林立，又看看毕力格，头晕得厉害。格桑大概看我精神不振，就对毕力格说："大哥，还是让姐在这里休息吧，不用跑了，夜寒，我看她又不胜酒力，你还是帮她去拿吧。"我说："不行，我还是回去吧，他不知道我的东西在哪里。"毕力格笑："就你那点东西，不就是一个拉杆箱，一个背包吗？"我不好意思："好吧，那你去取，记得把我的书和充电器装进去。"林立拉着格桑走开："大哥，那姐就交给你了，你先帮她订房吧。"毕力格牵着我的手，要去给我订房，我拉着他的胳膊，突然改变主意："不行，我还是回去吧。"毕力格说："你看你，这样子，怎么回去，还是给你定个包，我回去给你取。"

　　我看看黑暗中的蒙古包，又看看满天繁星，摇着毕力格的手："不行，我要回去。"毕力格看我坚决的样子，只好拉着我的手，找到拴马匹的地方，解开马缰，扶我上马，然后自己上来。我环住他的腰，确实有些冷，浑身发软，就几乎是趴在毕力格的背上。

毕力格一只手握住我的手："你没事吧，抱紧，我们骑快点。"我说："不，骑慢点。我想看星星。"毕力格紧握了一下我的手指："花铃，我没想到，我又在希拉穆仁遇到你。"我想我是睡着了，他的声音怎么也有绿色的香气，我说："我也没想到。"他依然抚摸着我的手指："你有过这样的经历吗？"我说："什么经历？"他轻轻笑，笑声也是绿色的："你觉得这世上有缘分吗？"

我看见满天的星星落下来，落在我周围，溅起一片绿色的幽香，是绿色的幽香，好熟悉的香气；仿佛又是那只纤细的胳膊，纤细的手，从背后抱住我，依然是熟悉的声音："花铃，花铃……"我听到她均匀而凉的呼吸。她的声音落下来，也像星星一样落下来，亮闪闪。

我说："有啊，当然有啊，要不我也遇不到你，遇不到林立，遇不到格桑。"我急忙伸出手去接，却一个趔趄，差点从马上掉下来。毕力格急忙用肩膀扛住我："你怎么了，花铃。"我笑："虽然明天你和林立、格桑、我或许就再也遇不到了，但这也是缘分啊。"我又说："我做梦了，梦见星星掉下来。"毕力格笑："你呀，马背上做什么梦，星星怎么会掉下来？"我有些悲伤，低低地说："我就是梦到星星落下来，我想接住，却接不住。"毕力格握紧我的手，也抬头看天空，仿佛验

一束野菊　111

证我说的话是否为真。可是我这话是说给谁听的，说给有绿色香气的夜空下的毕力格听，还是说给那有幽绿色的香气纤细的女人听？

恍恍惚惚，已经到了斯琴大姐的包前，毕力格跳下去，把我抱下来。他抱着我的时候，我想说，你再抱着我转几圈吧，这么美的夜空下，转起来多美。然而我没有开口。毕力格扶我靠在门边："你别乱动，我去拴马。拴好，我给你开门。"我摸摸兜里的钥匙，没再说话，只靠在门边看星星。

毕力格很快返回来，问我："钥匙你拿的，还是斯琴拿的？"我摸出钥匙，交给毕力格，他一只手开门，一只手扶着我。我知道自己其实已经没那么晕了，然而我就是想这样靠着这个男人，这个萍水相逢的男人。

炉子是灭的，包里有些冷。毕力格扶我上炕，把被子围在我身上，转身出去。我莫名失落，闷头倒在炕上。一会儿他却转回来，原来是拿了些生火的柴和炭。见我闷头在被子里，过来拉了拉被子："你没事吧？"我坐起来笑："没事。"他伸起手，向我的脸伸过来，却又放下，说："我以为你怎么了，好，你坐着，我给你生火。"他麻利地生火，一边说："这个斯琴，也不说下午的时候生着炉子，这还冷得能住了？"

我把被子整个围起来，只露个眼睛，看他在地下忙碌，觉得真实而又虚无，他是谁，我是谁？他在干什么，我在干什么？想着想着就想笑。

火已经着了,火苗蹿起来,炉盖缝间一片暖意。他回头看我:"咦,你笑什么?"我说:"我没笑啊?"他走向镜子,照了照说:"脸上没黑呀,你笑什么?"这下确实把我逗笑了,我笑出了声。

他洗了手,一个箭步过来,一条腿在地下,一条跪在炕边,一把扯开我的被子,我的脸就露出来。他又伸手向我的脸,我本能地躲了一下,脱口而出:"谢谢你,屋子里暖和多了。"他的手伸在半空中,定住了,我看见他的脸色也定住了,笑与不笑之间。我把眼睛放在炉火上:"谢谢你,你也累了,该休息了。"我的声音很低,不能确定自己能否听到,更不能确定他能否听到。他慢慢把腿放下炕,不再看我,走向包门,又停下说:"那你睡吧,我给你关灯吧。"我没说话,看着他,只点头,悲伤袭来,我把头又闷进被子,泪水不由自主出来。

我听到他拉灯,房间陷入黑暗。开门的声音,这声音怎么停了,像在半空,落不下来。好像他就停在门前,就那么停着。我害怕哭出声,头使劲埋进被子。门响了,我想是他出去了,我从被子里抬起头。发现毕力格是闭上门,却返了回来,他不顾一切上炕,扯开我的被子,紧紧抱住我,亲着我的额头。我试图推开他,然而胳膊一点力气都没有。他说:"花铃,花铃……"我再推他,使劲儿推,推不动。我喊:"你别这样,你走开,你走开。"然而无声。

一束野菊　　113

我又看见无数的云朵落下，然而没有幽绿的香气，而是奔腾的马跑，马蹄踏起的野草香气，河水的香气，野菊的香气。对了，那束野菊花呢？在我兜里呢？我掏出那束野菊，使劲摇晃。他不说话，只接过来，插在我鬓角。我哭着笑，笑着哭。我实在没有力气，只好伸出双手，抱住他，就像在马上抱住他一样，安稳，踏实。我慢慢抬起头，轻轻迎向他。

上天保佑我没杀了他

我走在微明的路上。

天空虽开始发亮，但天边还是暗沉的黑蓝色。原野异常安静，竟然没有一丝风。我只能听到自己的呼吸和拉杆箱轮子摩擦路面的声音，当然还有箱轮碰触野草发出的窸窣声。有些冷。走的时候，没有多穿衣服，因为不想弄出动静，就没从拉杆箱里取衣服。我只想赶紧离开这个地方，我差点忘了来内蒙古干什么来了，我是寻找田小军的呀！不管找到找不到，好像不大要紧，但出发点是这个啊！再说在包头和同学们聚会，也提到田小军，说是在百灵庙，或者西河，也有说在恒盛茂的。但我怎么就跑到希拉穆仁来了呢？

我拖着箱子，朝大路走去，朝希拉穆仁招待所走去。来的时候，就是在那里下的车，估计发车也在那里。接下来我该去哪里呢？去百灵庙，还是西河？我总得把自己来的初衷实现了。管它呢，先到停车场吧。确实冷，我缩着脖子，又听到乌鸦的叫声，心里甚至有些害怕。走的时候，我把三百块钱放到炕上，想应该足够这两天的费用了。

这是一条通南北的大路，往北是希拉穆仁招待所方向，往南是不可知的远方。我拐向北方，回头望去，蒙古包群在微光中，静静立着，一个人影急急跑来。我知道，是毕力格，他还是醒来了。我顿了一下，还是扭头朝前走，我不想面对这个男人，我也不知道该怎么面对这个男人，我只有赶紧逃离。他并不喊我，但我能听到他急促的脚步声，以及粗重的呼吸。我越走越快，他的脚步越跑越急，我几乎要奔跑起来，我不知道该怎么面对他，我该说什么？除了此刻的我，此刻的他，以及短暂不到两天的共处时光。前面是一片漫长的空白，后面，我想也该是一场永久的空白，那当下该怎么表达，我无法知道。我只有赶紧逃离，然而他还是追上我，一把拽住我的胳膊，将那件户外棉衣披在我身上。我想挣脱，然而再次没有力量。只能乖乖站住，任他把棉衣给我穿好，拉上拉锁。我一直没有抬头看他，眼睛低垂，余光里，东边的天空颜色变浅，泛出绯红的色泽。

他夺过拉杆箱，背过背包，低声问："为什么？"

"不知道。"

"不能再住几天吗？"

"不了。"

"为什么？"

我摇头。我多想对他喊："别问了，我不知道为什么！我不知道为什么！我不知道为什么！"大概周围太过寂静，大概害怕惊动了这凌晨的寒，这凌晨还没睡醒的空气，总之我不可能喊出声来，我只是摇头，不断地摇头。

他拉起我的手，他的掌心粗糙、温热。他说："太早了，现在没车，这么冷，回去热热，天亮了再走不迟。"

我依然摇头。我记得我半夜醒来的时候，这个陌生的男人正酣眠，他的呼吸均匀、安稳，蜷缩在一侧，像个小孩子。我触摸到那束菊花，在枕头边，被压扁了。我心里有说不出的情绪：一点点甜蜜、懊恼、伤心……最多的是脑子里一大片空白，空白。就那样，我一直坐到觉得可以出去的时候。

他想要抱住我，我不由自主躲开。他叹了口气："好吧，那你准备去哪里？"

我又摇头："我也不知道。"天边完全红起来，太阳要喷薄而出的样子，北面远远驶来一辆车，是大巴车。我自言自语："这是去哪里的车啊？"

他握紧我的手："这个时候，应该是去呼市的车。"

车越来越近，能看清上面的招牌："百灵庙—呼和浩特"。我说："你别送了，我就去呼市吧。"

他摇着我的手，低声说："留下来吧，只留一天。"

我摇头，朝车招手，车慢慢停下来。

他急急地说："你去呼市干什么？你一个女人家？要不，我送你？"

我挣开他的手，摇头："没事，我习惯一个人。"

他无奈地放开我，只好一声不吭地帮我把拉杆箱放入行李舱，安顿我上车坐好，深深看我一眼，我终于敢看向他的眼睛，忧伤又明亮，晨光反射，有水样波纹在流淌。

车缓缓开动，我看见他一边招手，一边飞快跑向蒙古包，我想大概是他冷。我头靠在窗玻璃上，看着他的背影远去，悲伤袭来。手冰凉，我插入衣兜，有东西。我掏出一看，是那三百元钱和一个塑料袋子，里面躺着那束压扁的野菊。一些脱落的叶子，也被小心地装进去。我的泪涌出，窗外阳光温润，轻轻飘浮在草地上。

远处有骑马的人飞奔而来，是毕力格，他一只手抖动着缰绳，身体前伏，另一只手高高扬着。我拿起装干花的塑料袋子，在玻璃窗上，朝他轻轻摇，我不知道他能不能看到。我看到他的脸，生动地朝我笑，他的手一直挥着。车越开越快，他已经追撵不上，我看到他拉缰绳，立马，停止。马的前蹄奋起，他的身体后倾，矫健而优美。然后马停住，一人一马立在草地上。我望着他们，直到成为一个小黑点，直到看不清楚。眼角的泪水冰凉，我把那个小袋子小心装回兜里，我有些困了，头靠在椅后背上，沉沉睡去。

阳光在脸上闪耀，谁在推我，我本能一躲，醒了。原来是售票的师傅，他说："喂，醒醒！醒醒！"我迷迷糊糊："怎么了，到哪儿了？"师傅笑了："哪儿都没到，你要去哪儿啊？"我这才醒悟过来，我还没有买票，对呀，我去哪里，我难道去呼和浩特吗？我问："这车到哪儿？"师傅一脸惊奇："到呼市啊，你要到哪儿？"我有些不好意思："还能到哪儿，除了呼市？"师傅说："你这个媳妇子，自己去哪儿都不知道，小心坏人卖了你。"他大概觉得我是个傻子。我只好说："你告我，这个车能路过什么地方。"师傅同情地看着我："武川，怀朔，固阳……"我接口说："路过固阳啊？"他点头。我说："那我买去固阳的票。"师傅一边接我的钱，一边小心问我："你确定去固阳？固阳有人接你？"我对他笑笑："对，我去固阳，没人接，但有朋友。"师傅好像还是有些疑惑："哦，你去过固阳？"我点头。其实我没去过固阳，但我知道巧巧在固阳，巧巧曾多次告我，要回内蒙古了，一定到她那里去。又十几年不见了，这少年的朋友，现在到底怎么样了？那就暂且不找田小军，去见见巧巧吧。

我打开手机看时间，是九点十分。自从到了希拉穆仁，我的手机几乎成了手表，信号弱到没有。现在打开却意外地发现有两条信息。一条信息是："要告平安。"一条是："回话，怎么几天没个消息。"我有些失望，我不知道自己失望什么。我回了一条信息："到固阳，安全。"然后把另一条删掉，顿了顿把这个联系人也删掉了，我觉得实在无聊，一个毫不相识的人。然而我还是希望手机响起，可是为什么要手机响起呢，不知道，只是无来由的希望。除了收到信息"好，知道了。"手机就再也没有动静。

车已经过了武川，信号很好。我想起林立和格桑，窗外大片的农田已经被收割，空荡荡的，那些美丽的油菜花呢？格桑姑娘画的油菜花呢？林立的油菜花呢？不知道他俩现在在哪里，不知道他们会不会有结局。

有羊群在田地里散漫地吃草，有牧人骑马而过，我转过头来，我知道事情已经过去了，我知道草原上到处是牧人，我知道这其中一定没有毕力格了！我只是想努力忘记什么，手碰到兜里的塑料袋，心隐隐地难受。

手机已经被我看了好几遍，但依然没有动静。司机说快到固阳的时候，我给巧巧发了个微信："巧巧，我快到固阳了。"也没有收到回信。我有些焦躁，就抽出一根烟来，想点燃，看看车里的旅客，只好把打火机放下，将烟在鼻子上嗅来嗅去。手机响了，我赶紧打开手机，是巧巧的："你来了？那你下车后给我打电话，我去接你。"我还是莫名地失望，但想着巧巧能来接，也就感到宽慰了不少。

记得上次见巧巧时，她在一家加油站工作，给过往的车辆加油。那是在一个叫红泥井的乡镇，加油站在镇的边缘。我去看她的时候，是一个冬天的上午。那是一个敞开的大院子，我进去的时候，她穿着一件蓝色工作服，正拿着油管给一辆摩托车加油。我知道是她，别人告诉我她在这家加油站打工，况且我知道一定是她，她高高的个子，修长的身材，我再熟悉不过，并且是无论如何忘不了的。她背对着我，专心致志地加着油，我看不到她的脸。

我想起我们分别那年，那年我十三岁，刚读完初中一年级。我陪巧巧到艾不盖买东西，时间毕竟久了，我已经忘了买什么东西，我只记得我当时惦记的还是柜台里那些五颜六色的糖豆。巧巧不是，巧巧比我大一岁，大一岁本差不了多少，只是巧巧比我发育要早，她已经完全是一个妩媚的少女形象：长长的头发梳成一根马尾，在脑后水一样荡漾着。她的头发非常好，又黑又密，让我羡慕不已。她皮肤很白，白里透红，细长的丹凤眼水波流转。她买什么我不记得了，但我记得售货员是个小伙子，衣服整洁，白白净净。他对巧巧的态度特别好，语气温和，眼神亲切，我蒙蒙眬眬，感觉到那是一个青春期男孩子被一个青春期女孩子吸引的好。回来的路上，我坐在巧巧的自行车后座上，吃着糖豆："巧巧，这个男的喜欢你！"巧巧灵巧地骑着车子，我很瘦小，她并不吃力。她说："谁？谁喜欢我？"我说："艾不盖的那个售货员啊！"巧巧哈哈大笑："你鬼嚼甚了？"我不服气，心想，你别以为我小，我快懂得了。我说："就是了，你看他那么热情！"巧巧晃着自行车，威胁我："你不要瞎说，再瞎说，我把你晃

上天保佑我没杀了他　　121

下去。"我拽紧她的衣服:"你晃不下去,小心连你摔倒。"果然摔倒了,两人前仰后合,笑声打闹声在空旷的原野里散开。

我一直没叫她,看着她认真加油的样子。她身子微侧,一绺头发从衣帽边散出来,依然是那么黑密。她加完油,挂起油管,收钱,找钱。转身的时候,发现了我。她的脸依然白,却不红,是苍白,甚而有些粗糙。我说:"巧巧。"她一愣,脱口而出:"花铃,你是花铃?"我点头,跑过去,要拥抱她,她急忙躲开:"哎呀,小心脏了你衣服,油乎乎的。"她赶紧邀请我回房间:"快,快回家,冷的,你甚会儿回来的?"

进屋后,她脱掉外衣,头发一下泻下来,依然好看得紧。我说:"回来三两天,听说你在这儿,我就跑来看你了。"她让我坐下,给我倒了水,叹口气:"哎,你看,你看起来还像个大姑娘,我来老的。"我笑笑,不知道该怎么说,巧巧确实看起来有些苍白疲惫。我说:"你风吹日晒,不像我,风吹不着,雨洒不着,可是你还那么好看。"她还是叹气:"快不用那样说了,人比人,活不成。"我不知道怎么安慰她,我知道她的不如意,我轻轻问:"家里怎么样?"她苦笑:"能怎么样,还是那样,你看,我不是出来打工了吗,人家来就要在家里种地了。"我说:"种地不行吗?"她说:"你也知道这地方了,越来越干旱,三年也没个收成,连孩子上学都供不上。"她长长叹气:"你来住几天呀不?你看,我这儿不方便,本来应该叫你到我家吃顿饭。"我连忙摆手:"我知道,我知道,不用,我住不了几天,我只是想看看你。"

大概后面聊了些孩子的事情,没多久我就走了,因为是搭的别人的车,车走,我就得走。她送我出来,一直望着我,直到我看不到她。我想起我们在艾不盖回来的路上,双双摔倒在草地上,自在年轻的笑声。

我知道巧巧的婚姻并不幸福,她是为了她二哥出嫁的。出嫁那年她才十八岁。她父亲早早去世,她母亲一人拉扯着孩子们。她二哥到了娶亲的年龄,家里财力不济,只好先把巧巧嫁了,要来的彩礼,给她二哥娶亲。我记得这之前我还见过她,那年我念高中,暑假回内蒙古,她来我家看我。我们已经无话可说,我是一个学生,她大概刚订婚。她安静地坐在我家炕边,细长的眼睛只是望我,我记得她说:"花铃,你多好,可以念书。"我说:"好什么,经常饿肚子。"她笑,眼睛里却满是忧伤:"那也好,我要是能多念两年书,该多好。"我那时已经知道她的情况,却无法安慰她,只好说:"都一样,不过你那会儿学习也挺好,你其实比我学习好。"她说:"哪儿了,你一贯聪明,我就是个踏实。"我说:"踏实,多好。"她说:"我爹去世太早,要不我也能念书。"我不再好说下去,好像那天也没聊多少,气氛很沉闷。她走的时候说:"好好念书哇,多好,不要像我。"我送她出去,望着她轻盈修长的背影,想起我们小学念书的时候,我们一起上学，一起回家。闹了架，早晨还互不理睬，下午就和好。这次我考第一，下次她考第一。转眼间，我还在求学路上，而她已然要为人妇。她的经历让读高中的我有了对人生的不可捉摸之感。

固阳是个不小的县城，街道宽阔干净，平房较多，零星有些楼房，也并不高，六七层的样子。倒是有一个基督教堂，哥特式的建筑在四四方方的楼房间分外显眼。有几个老妇人站在外面台子上说话。手机又响，我急忙看，是巧巧："快到了吗？"我回："已进城，应该快了。"巧巧回："好，我立马出去，你下车别动，等我。"

车停在车站，说是车站，其实也是一个大大的场子，并不是严格意义的车站。卖票师傅帮我拉出行李箱，看我："喂，媳妇子，有人接你了？"我朝四周望望，巧巧还没来。我说："有，还没来。"他狐疑地看我："你这媳妇子，一个人出门，多不安全。"我笑："我经常这样，没事。"他把拉杆箱放我手里："你的朋友怎么还不来接你？"正要回答师傅，我就听到了喊我声音："花铃，花铃。"扭头看，是巧巧。师傅这才转身走了。

巧巧穿一件蓝色羊毛呢大衣，正从一辆车上下来，一根长长的麻花辫，在胸前晃来晃去。她满脸笑意，面色白皙红润。修长的身材，风姿绰约。天，巧巧怎么这么好看！我跑过去，紧紧抱住她。我说："你这是活倒流了，真好看。"她笑:"哪里,老了,你才年轻了。"

她把我的行李放在车上,是一辆客货两用"五菱"车。我问:"你的车?你会开车?"她说:"是,我的,会了,会了两三年了。"她开车的状态非常好看,专注而灵敏。她问:"你来多久了,住多久?"我无法回答,不说话。她笑:"你不会是又说不能住吧,我都想死你了。"我只好说:"确实住不了多久,我来了五六天了。"她嗔怪:"那为什么不早来我这儿呢?"我说:"见了见同学,一来二去就晃荡了五六天。"

车停在一个饭店门前,饭店招牌:"巧媳妇"火锅。她一边帮我取下行李,一边说:"你看你多好,能见同学,我连个同学也没有,文盲蛋子。"我没理她的话头,说:"吃饭不要紧,咱们先回你家聊聊啊,来饭店干什么?"她哈哈笑:"这是我的饭店,咱先在这里休息一会儿,吃点饭,晚上再回我家。"我高兴地拉她的辫子:"你太棒了,成老板了?"她把行李放在门口,带我进了一个房间,是个小包间。她让我坐下,吩咐一个姑娘倒水,然后说:"什么老板,就是一个小饭店。"

我有些累,斜倚在沙发上。巧巧说:"你到百灵庙做甚个来,有同学了?"我有些惊奇:"你怎么知道的?"她亲昵地拍了拍我的脸:"你傻啊,那车是百灵庙到呼市的车。"我说:"我从希拉穆仁过来。"她反问:"希拉穆仁?哪里有个希拉穆仁了?"我说:"召河。"她恍然大悟:"哦,召河啊,我们这里的人不太知道召河还有这么个名字,你到召河做甚了来?"

我又一次无语,不知道如何回答,我仿佛又看见毕力格在马背上的矫健身影。我顿了顿说:"旅游啊。"她笑:"你这个怪人,人家都是夏天旅游,秋天有甚看的了,灰塌二虎。再说,你不上班?"一个姑娘给端过一壶茶来,给我俩各倒一杯,回头对巧巧说:"姐,你们现在吃,还是等一会儿?"巧巧看我,我黯然:"我请假……我有些困了,我想休息一会儿,一会儿再说吧。"巧巧看看手机,说:"也行,现在才十点半。"她把两个沙发推并在一起:"你就凑合在这里休息一会儿。你这是做甚个来来?累成个这,脸色那么难看。"

她出去不知道从哪儿拿了两个靠枕,给我垫头底下,把她的大衣盖我身上。她看见我穿的上衣,说:"你怎么买了个男式衣服?"我笑笑:"户外衣服就这样,男女差不多,出门嘛。"她说:"那你歇着,我去厨房帮忙,一会儿吃饭叫你。"我确实困了,昨晚一直坐到天亮,在车上也恍恍惚惚,似睡非睡,一直处于焦虑不安稳状态。现在,我想休息,我想睡觉,我想抛开一切,安安静静地睡个觉。

仿佛又有香气袭来,有人从背后抱紧我,轻柔的?有力的?绿色的花瓣香气?草原马跑腾起的野草气息?"花铃,花铃……"哪里的声音,那么轻,女声?男声?电话有信息,好像是:"你快回来吧,你儿子想你了。"我想抓住那香气,一伸手,我掉在了地上,香气散掉,眼前只有一个餐桌,原来我在睡梦中翻下沙发,掉地上了。头有些疼,站起来,重新坐在沙发上。餐桌上杯子里的水,已经凉了,我摸了摸茶壶,尚有余温。重新找了个杯子,倒满,拿在手里,慢慢啜饮。头脑开始清醒,打开手机,果然有个信息:"你快回来吧,你儿子想你了。"我摇摇头,大概睡梦中我还是打开过手机。我把手机装进兜里,又触摸到那个塑料袋,心底一紧。

这个小包间有个窗户,我朝外张望,恰好又看见那个教堂,是侧面,望过去森严美好的样子。我想起去世的母亲是个基督徒,曾经来固阳参加堂会,那时候我已经读大学,我不知道母亲来的是不是这个教堂。

窗台上有一本书,黑色的厚厚一本,我拿起来,竟然是一本《圣经》,谁的,难道是巧巧看的?我随意翻看《圣经》,上面有笔记,字迹歪歪扭扭:神就给他开恩,说,救赎他免得下坑。我已经得了赎价。我细细看了下,原来是抄录原文的,大概原文字太小,被阅读者抄在旁边,原文的底下,画着道道。下面还抄着一句:神救赎我的灵魂免入深坑。我的生命也必见光。我继续往后乱翻,做笔记的地方非常多,又有一处非常明显:至于我,却要行事纯全,求你救赎我,怜恤我。读《圣经》的这个人应该很认真地读了,是个好学的人呢,是不是巧巧呢?巧巧从小就是个认真的人。

胡乱翻书中,巧巧轻手轻脚地进来:"咦,你怎么就醒来了,我以为你可要好好睡睡了。"

我把书合上,放回原处:"想睡了,总是睡不安稳,大概

上天保佑我没杀了他 127

出了门的原因。"

巧巧说:"我以前出了门就睡不好,现在好了,去哪里睡觉,都不误事。"

我问:"是你看《圣经》?"

巧巧呵呵笑:"是了,瞎看了,识字不多,你也知道,主要是去堂里听人家讲了。"

果然是巧巧的书,我说:"你信教了?"

巧巧说:"是了,有一年我心情特别不好,觉得不想活了,是一个姐妹让我跟着听了几回,就信了。"她把沙发拉开:"十二点多了,咱们吃点儿吧。"

我也有点儿饿了,就点点头。巧巧说:"那咱就吃火锅吧,你说呢?"

我说:"那还能吃什么?"

巧巧笑:"看把你可怜的,来我门上还不是由你,吃炒菜也可以啊,咱可以到外面去。"

我拉了拉她的长辫子:"哎呀,开玩笑了么,吃饭不是问题,主要是咱姐妹好好聊聊。"

巧巧打发人上了锅子,并端上一些食材。房间里逐渐热起来,我脱掉那件棉衣,小心地放在沙发上。

巧巧问:"要不要喝点酒?"

我摇摇头:"算了,不喝,你要喝吗?"

巧巧说:"我从来不喝酒。"

我小心翼翼地说:"你目前状态真好,比我前几年见你好多了。"

巧巧说:"就那样,只是看开了。"

巧巧电话响了,她接起来,笑意流泻一脸,原来是她的儿子。通完话,巧巧说:"我儿子。这小子,说过两天带女朋友回来呢。"

我问:"你儿子多大了?"

巧巧说:"二十一。"她看我诧异,解释说:"我十九岁那年生的我儿子,这娃又不好好念书,他喜欢唱歌,喜欢乐器,就学了这个,现在在一家婚庆公司,当主唱。"

我说:"真好,你算是活出来了。"

巧巧说:"可别说了,哪里是活出来了,只是不计较了。"

我看她:"那你老公呢?"

巧巧说:"打工了。"

我问:"他不是就爱种地吗?对了,你怎么就跑固阳开饭店了呢,你太有本事了。"

巧巧叹气:"我也是被逼上梁山,才开了饭店。"

我抽出一根烟,给巧巧,巧巧疑惑而笑:"我不抽,你抽了?"我点点头,自己点燃一根。

巧巧说:"甚愁你的来,用着抽烟。"

我将想要叹出的气生生咽回去,笑说:"习惯,哪里有愁事,再说,谁还没个愁事啊。"

上天保佑我没杀了他 129

巧巧点头:"也是,我老公不是爱种地,结果人家退耕还草,加上年年旱,根本种不成,就不种了。"我"哦"了一声,巧巧接着说:"那几年,我要打工,他不让,你记不记得那年你来,我在红泥井给人家加油了?"

我点头:"记得,你现在比那时候反而年轻。"

巧巧苦笑:"那年也是跟他吵了八十架,才出来打了个工。"

我吐了口烟:"那后来呢?"

巧巧说:"结果那家加油站倒塌了,我不想回村里,他看我好不容易回去,根本不让我出来,又是个吵,没完没了地吵。"

我说:"你没想过离婚?"

巧巧又苦笑:"想过啊,怎么没想过,一结婚我就想着离婚了,你知道我那会儿是怎样嫁给他的,要文化没文化,要本事没本事。"她说着叹了口气,眼圈红了:"我妈害了我啊,因为给我二哥娶媳妇,害了我一辈子。"我把纸巾给她,她说:"没事,我早已经没泪水了,也怨我自己,当时虽然委屈,想想大人们也挺难的,就稀里糊涂结了婚,你知道我当时咋想的?"我摇头,我想不来,我一直念书,自由恋爱,顺着自己的性子,怎么能知道她怎么想的。她说:"我就想啊,只要我二哥有了孩子,我就离婚。"说着她就笑了:"谁知道我自己不争气,没等我二哥有了娃娃,我自己先有了,你说气人不气人？"我摇摇头，吸烟。她又接着说："后来，我想，等我儿子长大了，不用我照顾了，就离婚。再后来，我想，等我儿子有了做的，能自己养活了自己就离婚，你看，我儿都有女朋友了，我还没离。"

我说："是啊，为什么呢？"

她说："他不离，死活不离，说要是离了，就杀我。"她看我："我真羡慕你，是自由恋爱，你看我，心烦的。"

我深深吸了一口烟，叹气："一样，一家一本难念的经。"我想起我家倒是从没硝烟，但却是无边无际的死寂，心里充满悲伤。我吹出烟雾，让它浓浓地飘着，浓浓地遮盖什么。

她说："那不一样，你们文化人，不像我们，死蔓子，不开窍。"她大概被辣椒呛了一下，咳嗽起来，咳出了许多眼泪，她擦了擦说："反正就现在这样，他做他的，我做我的，离不离婚还有什么意思，就这样吧！"

我看着她依然美丽的脸，甚而是风韵无穷的脸，说："你们分居？你老公现在干什么？"

巧巧说："早分居了，已经七八年了，他在一家工厂打工，好几天才回来一回。"她给我夹菜说："我不是说回村了嘛，那时候我就实在不想在村里待着，他不让，我甚至动了杀他的念头。好在那段时间，一个姐妹拉我进堂，我的心开了个口口，要不我真敢杀了他，我现在都不敢回想，有好几次，他睡着了，我真的拿着菜刀在他脖子上比画来。比画来，比画去，真差点下了手。现在想想，如果真杀了他，怎么办呀？有那个念头，本身就有罪了，我真后悔死了。"她再看我："你说，荒唐了吧？不过，天主保佑，事情也巧，就在那几天退耕还草，许多地不能种了，乡里给了一些补贴，我就跑来固阳开店了。"说完，她长长呼出一口气，如释重负，似乎放下了手里沉重的菜刀。我吐出一口烟，也长长呼了一口气，仿佛也是如释重负。她看看我："你也听得揪心了哇？我就是这么过来的。"

我说："他让你开店吗？"

她说："不让，我就自己偷着跑出来，开了，他也没办法，只好跟出来。"我想问她，那么多青春年华，那么多日日夜夜，她是怎样一步一步走过来的，然而却问不出口。巧巧却说："我知道你想问什么？是，日子不好过，但也过来了不是？你看，我在固阳买了房子，生活比以前好多了。"她放下筷子，让服务员端上茶来。我想起那年夏天，我们去艾不盖买东西，那个年轻售货员看她温热的眼神，那时候，我甚至有点嫉妒她呢！她那丰润的青春年华呢？她有过对爱情的向往吗？

我低声问："那你有过爱情吗？你向往过爱情吗？"问出来的时候，我的泪莫名就来了，仿佛她那些苦难的日子是我的，我就是现在的她，曾经的她。

她小心地抹去我的泪水："你呀，还跟小时候一样，爱哭。"说着自己就哭了："爱情，那东西，有也好，没有也罢，不顶吃不顶穿的……都过来人了，别哭了，啊！"她把水端到我面前："喝点水，我安顿一下，咱们回家，洗漱一下，你好好休息休息，你看你那脸色，不好看的。"我点点头，扑到她怀里，大哭起来，仿佛她还是那个明媚的少女，我还是那个黄毛丫头。仿佛受委屈的是我，那些漫长的委屈的岁月里，走着的是我。

巧巧家就在教堂后面的一幢楼房里，所以，并没开车。她拖着我的行李箱，我们朝她家走去。我有些疑惑："你这也太方便了吧？家离教堂近，又离饭店近，不会都是巧合吧？"

她回头对着我笑："你别说，还真就是巧呢。"她用钥匙打开楼门，是一座六层高的楼，她家在四楼。她说："好事、坏事，都是传凑了。"我要自己拖箱子，她不让："行了！你别夺了，一贯都是我帮你的，一贯我比你身高力大。"确实是这样，从小都是她护着我，而我却总刁钻古怪戏弄她。她又打开房门，一股香气扑鼻而来，原来是她茶几上，插着几枝百合。我坐在沙发上，看着她的房间，几乎没什么装修，只是简单的白色。

她一边去热水，一边说："我一个人，经常连个热水也没有，你等等，我去热。"

我应声："不着急，又不渴。"

她带着歉意说："那也喝点暖暖，家里冷。"

家里确实有些冷，我缩在她沙发上的一块毛巾被里。对她说："你还没说完买房子的事呢。"

她已经坐上水，打开了煤气。煤气燃起的火苗，从客厅望过去，一片蓝色。她走过来挨我坐下："我倒忘了，你看我这个死记性！"她也钻进毛巾被："就是很巧，那个信主的姐姐，拉着我信了主，我俩就成了好朋友。她家就在附近，就是她帮我看下的店面，我来固阳开店，全凭她帮忙。一来二去，就在这附近看到这房子，就买了。"

我说："这房子多少钱？"

她答："当时二十八万。"

我又仔细观察了房子，大概是一百来平方米的样子，我点头："真好，不贵啊。"

她拿出花插里的百合，香气荡漾四溢，她揪掉下面的几片叶子，重新插进去："贵了嘛，当时，手里哪来那么多钱，我付了个首付，每月还还贷款的了。你看，很简单我就住进来了，我只刮了墙，贴了地板。"

水开了，巧巧起身去厨房。灌满暖壶，倒一杯水过来："你不知道，买这个房子时，我家里简直就是天翻地覆。"

我说："为什么，买房子不是好事吗？"

她叹口气："他不让买，死活不让，他说他要回村里住，说在固阳买房干什么？"

我说："你当时不是已经在固阳开店了吗？"

她说:"对呀,我就想,我好不容易脱离了那个地方,我怎么就能回去呢,我才不要回去。"

我心里一顿,说:"他是不是害怕,你不跟他过了?"

巧巧走下去,从卧室里拿出一个相册,给我看。是一张全家福,但应该很多年了。她说:"你看,这就是我老公。"其实我早听说了她老公的情况,但看起来还是让人心里一沉。那是一个看起来老实巴交的农民,黑瘦,坐在凳子上,矮了巧巧一截。巧巧虽然并没有笑容,但还是能看出秀色怡人,尤其那头长发,披散开来,说不出的动人。

我叹口气:"他就是害怕失去你吧?"

巧巧说:"大概是吧,你知道我怎么过来的,我每天都有待在监狱里的感觉,不是跟你说过,我甚至要杀掉他,那些日子啊,真是苦啊!"

我搂了搂她的肩,她笑笑看我:"终于,在我三十多岁的时候,我们分居了,各睡各的,你知道,我有多开心吗?我感觉呼吸都是顺畅的,以前的日子都是憋着气过来的。那种自由自在的呼吸,真是爽啊!"

我像小时候一样,解开她的发辫,那头发依然又黑又亮又长,我说:"你的头发真好,一直都这样,让人羡慕嫉妒恨呢!"我把话题一转:"那,这么多年,你向往过爱情吗?有过喜欢的人吗?"

她叹口气,没有回答我,只看了下表,已经是三点五十

上天保佑我没杀了他　135

了，她说："唉，爱情这东西，说不来，我也没谈过。"她又看看窗外："趁现在日头好点，家里暖和些，你先去洗澡吧，要不一会儿太阳偏西，卫生间就冷了，浴霸全开了，也不太管用。"

我说："你不洗吗？"

她说："你先洗，洗完我洗。"

我把她也拉起来："走吧，一起洗，两个人也暖和，也好互相搓搓背。"

她笑："啊呀，你洗吧，两个人，我不习惯。"

我不行："有什么不习惯的，你忘了小时候，咱俩还一个被窝呢，成老妇人了，反而不习惯？"

她拗不过我，只好说："好好好，你呀，跟小时候一样样的。"

我抱了抱她："我就是想像小时候一样，我就是想回到小时候，那时候多美好。"说完，我才意识到，我是多么怀恋小时候，没有任何杂念，没有任何杂质的小时候，像小羊羔一样单纯、快乐的小时候。

我们脱下衣服，赤裸在水汽里。其实，我不太敢看她的身体，因为我们真的和小时候不一样了，那时候，我们的身体多么简单，现在该有的不该有的都有了，经过漫长的岁月，身体早不是那时候的身体了，我们已经由一个自然的几乎无性别特征的孩子，可悲地变成了妇人。她的身体浸在水汽里，曲线优美，乳房结实坚挺。水流在她圆润的背上四溅，珍珠般四散开来，而她的身体亦如珍珠般圆润，闪烁着美丽的光芒。我给她轻轻搓着背，手触摸上去，绸缎般光滑细腻。

我说："你的身体还是这么好看，像大姑娘。"

她笑："哪里了，老了，奔四十的人呀，皮肤都松弛了。"

我感慨说："不是，真的很好看，一点都不松弛，比小时候还好看。"

她转过来，轻轻拍了拍我的脸："小时候，有甚好看的了，要甚没甚，现在是要甚有甚！"

我们都哈哈大笑。

我捏了一下她的乳房，把她推转过去，笑着继续搓："你有甚了，啊？"

她从后面踢我："你个死女子，你哇么没有？"

我哈哈笑，笑着笑着心里就涌起悲伤，这么美丽的身体，如何度过那些孤寂的岁月？那岁月的光尘可曾热热地抚摸过她？我问："你爱过吗？"

她转过来给我搓："怎么说呢？我也不知道爱过没有，我也不知道那算不算爱。"她叹口气："我不像你，经过完整的人生，谈恋爱、结婚，我不是，我真羡慕你。"

我说："有什么好羡慕的？还不是一样。"

她轻笑："你是身在福中不知福。"

我只好苦笑："大概是吧。"

我们已经洗完，回到卧室，巧巧说："咱们钻被窝吧，暖和一些。"

她家有三个卧室，我望了一下另两个卧室，巧巧说："中卧室是我儿子的，那个卧室是他的，我很少进去，反正人家也是自己打扫了，我也不管。"

我看了下那个次卧，倒也简单干净，只是地板上的垃圾桶里，有不少烟头，仿佛床头柜的烟灰缸里也是半缸烟头。我说："你丈夫也挺爱干净的，房间整整齐齐，干干净净。"

巧巧说："那倒是，一贯是个爱干净的人呢，只是抽烟厉害。"

我问："他一直抽烟这么厉害吗？"

我俩钻进被窝，巧巧说："不是，刚结婚那会儿不是，后来慢慢就抽得厉害了。"她接着叹口气："唉，现在想想，大概也是我害的人家。"

我轻声嘟囔："那谁害的你？"

巧巧说："大概是命运吧，现在说这些没用了，都大半辈子了。"

我看看她依然秀媚的脸庞，是大半辈子过去了吗？如果活八十岁，还有四十年的日子，那这不可知的四十年，难道还要那样过去？我说："你还年轻啊！"

她把头发上的毛巾拿下来，轻轻搓着头发："年轻甚了，你没听见我儿子都要带女朋友回来了吗，过个一两年，都要当奶奶的人了！"

她的床头，也放着一本《圣经》，我随手乱翻。

她看着我说："我是个罪人，我有赎不完的罪……"

我打断她："我知道，你不是放下屠刀了嘛！"

她把枕头立着放起，垫在她身后，她一动，头发的香气，就弥散，很好闻。她顿了顿说："不止这些，你不是一直问我有过爱情吗？"

我点头。

她说："我也不知道我那算不算爱情，自生自灭的，人家也不知道。"

我伸手入她的被窝，抓住她的手，她也回应了一下："这些，我从没对别人说过，我对你说了，你也不可以告诉别人，要不丢人的。"

我点头，我知道，我或许要进入一个秘密的通道，这个通道，是她最美好的年少情怀，或许也是最虚无的岁月。

她说："你记得吗？咱村里有个教书的，叫顾生的。"

我摇头："不知道啊，我怎么没印象。"

她笑了："忘了，那会儿你已经回山西了。他是咱村的老师，我那会儿鬼推着一样，看见人家可顺眼了。"

我急忙问："他知道吗？"

巧巧说："不知道，或许到现在都不知道，没有人知道，只有我自己知道。"

上天保佑我没杀了他　　139

我"哦"了一声，她说："你那会儿回山西了，我不念书了，有事没事，我就往学校跑，你说，我又不念书，再说那只是个小学，我往学校跑干什么了，就假装做这做那，路过学校，只为了能看见人家。"

她说着自己笑起来："可是，很多时候，是见不到的。你说人家在办公室，或者在教室里，我怎么能回回碰上。"她的脸色微红，不知道是刚洗过，还是沉浸在往事的原因："偶尔能看到他从一个房间到另一个房间，我就心里紧张得不行，想抬头看他，又不敢。"她转向我："你说，其实人家并没看到我，我紧张甚了，可是我就是紧张得不行。有一次，我去地里，我忘了地里有事还是没事，我那会儿鬼迷六道，有事没事，就想往学校的路上走。结果，迎面碰上。"她又看我，笑："我现在还有些紧张了，想起来就紧张，你说我就是这么一厮人！"我握着她的手，感觉到她手心里微微冒汗。她说："怎么办呀，抬头问好，不敢；不抬头，又不甘心。日思夜想，就是想看见人家，临了看到人家了，把我给怕的，那时候太年轻。倒是人家说话了，问我'巧，你去哪呀？'你知道我鬼使神差说了个甚？"

我说："说了个甚？"

她大笑，说："我当时说'我也想念书了。'说完，我的脸就红到了脖子根，自己都觉得烫得不行，那年我应该已经是十六岁了。"

我也着急："那他说了个甚？"

巧呼了口气："人家看了我一眼，这一眼啊，看得我心里，到现在，都跳得咚咚的，现在一想起他那个眼神来，我的心都还是紧的，说不上感觉，可能就是恋爱的人的心理吧。"

我很想知道顾生说了什么，就问："他怎么说？"

巧巧说："人家笑了，说'哦，那你抽空来呀。'"

我说："那不正好吗？你可以去啊，不为念书，还不为见他？"

巧巧摇了摇我的手："哪有那么简单，我一大闺女，经常跑一个大后生那里，人家不说闲话啊。"

我说："那后来呢？"

巧巧又叹气："我忘了我说甚来来，好像甚也没说，也好像说了个'哦'，就飞快地离开了。离开后，我赶紧跑到学校房后的麦子地里，浑身发软，一下就躺在麦地里，呼呼喘气。"她眼睛发亮，看着天花板："你知道，那天我有多紧张，心里就有多快活，那是我们第一次说话，他来咱村教书，已经很久了，应该是都知道对方，但从来没说过话。那是第一次说话，遗憾的是，我其实可能一句话都没说。"

我记得那块麦地，是我邻居家的，我曾经因为记恨邻居，而拔过那里的麦苗，一把一把地拔掉，那些青绿色的麦苗，替罪羊般承载着我小小的清澈仇恨。我能想象，那块麦田，

上天保佑我没杀了他　141

那日承载的是一个少女的懵懂爱情。那日的阳光下，一个少女，仰躺在青绿色的麦苗里，青绿色的麦苗，青绿色的年华，我似乎可以听到她的心跳，从遥远的过去，一下一下，敲过来，敲到我心里："我懂，我谈过恋爱，但好像没你那样紧张啊！"

巧巧说："是呀，我也不知道，为什么，你看，到现在，已经半壳子的老婆子了，想起来还紧张。"

我说："你还爱着他？"

巧巧说："说不上来，但还是觉得人家好，人家是文化人，那么文质彬彬。"

我若有所思："那后来呢？"

巧巧抽出手，拨拉着头发："后来，在村里又见了一面，那是村支书嫁闺女，我去赶喜宴，结果就坐在一个桌子上了。那时候是冬天。冬天的时候，他一直穿着个黄大衣，就是那种军大衣。"

我笑："你不是紧张么，怎么敢和他坐一桌？"

巧巧说："是了呀，那次是我和我二哥一起去的，我二哥坐在他旁边，我也只好跟着坐下了。你知道，其实我多想跟他坐一起，可是不敢。那次我二哥坐下了，我是又紧张，又开心，但还是不敢抬头看人家。他和我二哥说话，和所有人说话。他说话的语气，可好了，不急不躁，声音不高，可是可有力量了。大概就是那种磁性，人家本来就是老师，经常讲课，练出来了。我呀，那天心思根本不在吃饭上，就顾着听顾生讲话了。"

我笑她："那他说什么，你还记得吗？"

巧巧说："哪记得了，当时就没记住，心'咚咚'地跳，光顾着听声音了，内容根本记不住；而且，他还要和我喝酒。吃饭的时候，男人们都要'打通关'了，尤其顾生，他年轻，又是个外地人，肯定要和所有人过一轮。到了我，人家也不可能隔过去。顾生说，'巧巧，和哥喝一下吧？'我的脸又是个通红，我不会喝酒，又很少上酒桌子，你说一个十六七岁的大闺女，我只能看着他伸过来端着酒杯的手，那手啊，真好看，手指细长，白泠泠的，比闺女们的手也嫩。他又说，'巧，来，喝一点，就一点。'我只好端起酒杯，我也不知道甚会儿别人就给我倒满酒盅了，我端起就喝，你不知道，那个酒有多辣，刚抿了一点，就呛了一下，咳嗽起来。你知道当时顾生什么反应吗？"

我摇头。

巧说："他看见我咳嗽，赶紧站起来，跑到我跟前，轻轻替我拍背，并对我说'不好意思啊，小妹，不好意思，别喝了。'那一刻，你知道，我真想哭出来，莫名其妙地想哭。我浑身发软，幸福得一塌糊涂。真想时间就停在那会儿，又想时间赶紧过去吧，要不别人会看出我的那些心事。我觉得所有人都知道了我的心事，又幸福又丢人。"

我伸出胳膊，抱了抱她："谈恋爱的人，都这样吧，应该。后来呢？"

她把我的胳膊放回被窝："可能是了，后来，后来怎么了，我忘了，那一天我稀里糊涂的，不知道甚会儿吃完饭，不知道甚会儿回了家，整个人好像就是没了，丢了。只是半夜里醒来的时候，还能感觉到他的手在我背上轻拍的感觉。你知道我多丢人，那天睡觉，就没脱衣服，我想让他手掌的温度在我身上，多停留一会儿。"她朝向我羞涩地笑："花铃，我丢人了吧？"

我伸手攥住她的头发，轻轻揪动，她的头发很长，披散开，能拖到屁股，我说："有甚丢人的了，恋爱中的女人，都这样。"

她拍着我的头："你也有过这种经历吗？你一定有过，你们是自由恋爱嘛！"她有些悲伤："是啊，你们是自由恋爱，我白活了一辈子。"

我说："一个人一个人生，但其实都一样，不是你想的自由恋爱，就一定是幸福的。"其实我也很糊涂，我也不糊里糊涂过自己的人生吗？自由恋爱能怎样，不自由恋爱，又能怎样，我也不知道自己要表达什么。我只是想安慰她："你那么喜欢他，为什么不向他表白呢？不敢表白，写个信也可以啊！"说出来觉得自己有些虚假，如果是我，我敢吗？我不知道。

巧巧说:"哪敢了?你说一个大姑娘,怎么能开口了,哪有大姑娘自己表白的了,再说,我要是表白了,人家不喜欢我怎么办,且不说我写的那两个趴趴字。人家一个文化人,我不敢。"

我说:"那你告你妈说啊?"

她轻笑:"那时候的人,哪敢了,村里哪有这样的了!有那么一些大胆的女孩谈恋爱,个别跟人跑了的,都能被笑话死,唾沫星子能淹死人。"

我叹气,是啊,谁敢呢?给我,我敢吗?

巧巧说:"那时候,好像就有人给他说对象了,是西河的一个闺女,这个闺女的父亲有工作了。"她叹口气:"你说,人家能看上我?我甚也不是。那段时间,我心里难受的呀,猫儿抓了,那年冬天到春天,我瘦了一大圈,我妈以为我生病了,要给我看病,我死活不肯,我自己知道怎么回事。我妈也没坚持,那时候反正也钱紧,能不花就不花了。"

"那后来呢?"

"后来,人家订婚了,我见过那个闺女一次,看起来可老了,年龄比顾生要大,村里人说就是比顾生大,因为她爸有工作,她也好像有个甚工作来来,我忘了。那时候我的心就死了,可是还是一直想看见顾生,其实到现在我都想看见顾生,还是觉得他好,虽然想,人这东西,哪有那么完美的人,如果和他结了婚,或许也会发生矛盾,但我还是想人家,时不时就想。这可能是我一辈子的心病。"

　　天色早已经黑下来，巧巧起身拉住窗帘，然后开了床头灯，准备进被窝，突然说："你看，说话说的，晚饭都没吃，我去给你做吧。"

　　床头灯柔和的光线，打在她脸上，她的脸分外红润，像涂了一层胭脂。我一把拉住她，把她拉入被窝："我不饿，我觉得你也不饿，咱多少年不见了，见了又不是为吃饭，我们不就是为说话吗？"

　　她倒回被窝，不好意思地笑："那也不能让你饿着吧？"

　　我说："不饿，继续。"

　　她也不坚持，把床头灯的光线拧暗一些，说："顾生是结婚后调离咱村的。顾生订婚那年秋天，我去我三姨家，我三姨家在同泰永。因为我一直瘦，我妈担心我，就打发我到我三姨家住几天，说是帮我三姨干活，其实我三姨家，没多少活，她就是想让我散心。"

　　我问："你妈知道了？"

　　巧巧说："我不知道她知道不知道，但当妈的应该是有一些推测的，只是她也不问，我也不说，这种事，没法说的。我不记得在我三姨家待了多久，有一天下午，我吵着要回家，那天下午，也是奇怪，反正我就是想回家。我三姨说已经下午了，明天再回吧，我坚决要回去，我已经是十七岁的人了，在村里已经算大姑娘了，说话也算有分量了，我三姨只好让我走。那时候，我还不会骑自行车，我是走着回咱村的。我三姨把我送出村口，就回去了。我就走啊走，拐过一个弯道的时候，从后面来了一个人，你知道是谁，是顾生。他蹬着个自行车，穿着那件黄大衣，朝我骑过来。"

我开玩笑："又紧张得不行了吧？"

她笑："有点，但不厉害，因为知道人家已经订婚了，心里就死了，但还有点紧张。我想这就是缘分，我可能就是为了遇见他，冥冥中，主让我做了回家的决定。他到了我跟前，停下来问'你在哪来？'我说'同泰永，你了？'他推着自行车说'我在合教来。'其实那天我想和他说我喜欢他，反正人家已经订婚了，说了就说了，反正就我们两人，说了也就说了。"

我问："那你说了？"

巧巧说："没有，我还是说不出口。你知道吗？有些东西，真的很奇妙，我觉得他其实知道我的心事。"

我疑惑地看她："是吗？他知道？"

巧巧说："你听我说。他没头没脑地对我说'我知道你在你三姨家！'我很惊奇，问他'你怎么知道？'他把他的大衣脱下来给我披上。那是冬天，很冷，我也没拒绝，因为我看见他里面也穿了件很厚的棉衣，那种军队的棉衣。他声音很低，说'你看你瘦的，成了干骨头了。'啊呀，当时把我感动的，就哭了。顾生说'你要好好的，好好的。'然后他就不说话了，只停下自行车盯着我看，看得我心里发毛，脸就红了，那个泪呀，哗哗的。顾生掏出他的手绢，给我擦去眼泪。我根本就没拒绝，我当时就是想豁出去，想说我多么喜欢他。哪怕下一刻死了，也就算了。可是顾生抱了抱我说'你看，你这个闺女，好好的，不要哭了，风硬，皴了脸呀。你的皮肤那么细，很容易皴了。别哭了，来我拉着你。'然后他就上了车子，我就坐在后座上，那天我也不知道，怎么那么大胆，就抱着他的腰，头靠在他背上。其实你知道，咱这里风大，经常是逆风，顾生蹬起来还是很吃力的，但他叮嘱我不要下来，我就那么坐着，心里的话，也就不说了。其实我想下来，不是因为他蹬自行车累，我是想和他慢慢走，多走一会儿。但人家愣是一直骑着，大概担心我走得累。回到村里，他回了学校，我回了家，临走的时候，你知道他说了个甚？"

我已经被她的叙述迷住了，那画面在我眼前呈现，广阔的原野，西斜的太阳，连绵的山坡，一辆自行车，少男，少女。很美的画面，我似乎能听到他们轻微的呼吸，以及风吹过的声音，多么美。年轻时缺憾或许也很美啊，就单这样一个画面，也是美不胜收啊。我说："啊？他说什么？"

她拍拍我："是不是不想听了，我的这些破事？"

我反应过来，朝她笑："哪里，我都被感动了，想，这是一个多么美好的爱情故事，多么美好的场景啊！"

她亲昵地拧拧我的脸："你呀，好甚了，没开头，没结果，就是我自己一个人的战斗，对，一个人的战斗。"她为自己找到一个合适的词语而高兴："我就是自己一个人纠结来，纠结去，成也是自己，败也是自己，伤心是自己，高兴也是自己。"

我说："那他临走的时候说了个甚？"

巧巧摸摸自己的脸说："他说找个好人家嫁了吧。"

我说："你又该哭了吧，我听了也想哭。"

巧巧说："是呀，我背过身走开，泪呀，又流得哗哗的，你说，他为什么说这个话，他一定是知道我喜欢他，要不说这没头没脑的话？"

我点头，觉得大概是，爱情这种微妙的东西，当事人或许能感觉到，然而我问："看来他是喜欢你的，可是为什么和那个女人结婚呢？"

巧巧说："不知道，人家到底是喜欢我了，还是同情我了，到现在我都不知道。"

我说："应该是喜欢你的。"

巧巧半坐着的身子，在墙壁上投下一个深深的阴影，随着她的呼吸微微动。她说："喜不喜欢，都不是事了，反正人家那年冬天就结了婚，第二年春天就调走了，我也嫁人了。"她叹口气，钻进被窝，睡平稳。

我侧过身来，朝向她，她的发稍蹭着我的脸，痒而温香。我说："那后来呢，有他的消息吗？你还关注吗？"

上天保佑我没杀了他 149

巧巧闭上眼睛："断断续续有些，说是先到了西河，后来去了百灵庙，在一个中学教书，说他老婆下岗了，还是咋的，总之听说生活并不如意，他那个老婆说有病了，说年轻的时候就有病。"

我说："你灭掉灯吧，我有些困了。"

她转过身，灭灯，说："你看不知不觉已经一点多了，不困才怪了。"房间里一片黑暗，她气息微弱："我现在还想着人家呢，我非常想见到他，可是如果真能见到，又能怎样，他应该也老了。"

我转过身，背向她："如果，有机会，我是说，有机会，你会和他好吗？你会嫁给他吗？"

我听到她微微笑，并叹气："都老了，年轻时都把握不了，何况现在，我是有夫之妇。再说，我配不上人家，人家是个文化人，我要是像你一样，我或许就不一样啊，或许就会和他在一起。"

我叹气，不再说话，睡意袭来。

巧巧却又说话了："我觉得你可能心情不好，不好活？"是疑问的语气。

我有些悲伤，却说："没什么，至于不好活的事，谁没有？我只是想出来走走，顺便找个同学。"

巧巧说："找什么同学？"

我说："初一时候的一个同学，他叫田小军。"

巧巧说:"哪里人？在哪里？"

我说:"西河人，不知道在哪里，有人说在恒盛茂，有人说在百灵庙，也有人说在西河。"

巧巧笑:"你是不是喜欢过人家？"

我转过来，使劲儿揪她头发:"说的甚了，那时候我才十二岁，甚也不懂，根本不是。"

巧巧说:"那你找的人家做甚了，找见了又能怎样？"

我叹气，是啊，找见了又能怎样？我说:"可是，我从家里出来的时候，就是想找这个人，我挺想念他的。"

巧巧说:"你想念他甚了？你会想起来他来，心咚咚跳吗？"

我笑:"我又不是你，心跳甚了。我想起他来的时候，根本想不起他长什么样，我只记得他很善良，替我生火，给我小人书看。我只记得他坐在我前面，戴着副高度近视眼镜。我想起他来时，就想起那个教室，想起他坐在矮凳上，想起上课时，老师在我面前走来走去的样子。"

巧巧打了个哈欠:"然后呢？"

我说:"我还记得我们学校是在一片开阔的原野上，我记得同学们在原野上追逐打闹，我记得田小军瘦高的个儿，记得他回头的微笑，记得教室前回响的笑声，我还记得教室里火炉着起来，暖烘烘的样子，我还记得……"

巧巧不做声，我轻声问:"你睡着了？"

上天保佑我没杀了他　151

巧巧说:"没有,你这根本不是想念一个人,你是想念一个时候,一段时光。再说,你找一个人,现在特别好找,问个电话,加个微信,不就联系上了?"

我的声音越来越低:"我问来,说是他和同学们联系很少,有一个同学给了我电话号码,但我加微信,看着是能加,却一直没通过。"

巧巧的呼吸渐渐均匀,她睡着了,我把头埋进巧巧的长发里,也渐渐睡去。

为深情赎罪

醒来的时候，已经十点多，一摸被窝，是空的，巧巧已经出去了。我摸出枕头边的手机，里面躺着两条信息，一条是巧巧的："你好好睡吧，我先去店里打理一下，你醒来自己去洗漱，暖壶里有开水，旁边有奶茶粉，我给你放下面包了，你凑合吃点，我回来再说。"另一条却是申请添加好友的通过提示，是同学给我的田小军的微信通过了。我赶紧回了个微信："小军，你好，在哪里？"没有回音。可能对方忙呢吧，我就去洗漱，洗完坐在床边，打开化妆包，又看见那贴创可贴，我愣了一下，抬头望望外面，天空湛蓝，有几只鸽子飞过，没有任何声音。我叹口气，慢慢化妆，装创可贴的那个夹层，一直开着，仿佛与我对视，我把夹层拉锁拉上，突觉房间怎么那么冷，我赶紧把那件户外棉衣穿上，又仿佛闻到青草气息，马蹄腾起的青草气息。

我泡了奶茶粉，慢慢搅动着，茶几上的百合还散发着香气。我打开手机，回巧巧："没事，你忙，你的百合是'花坚强'，你家这么冷，它依然开着。"然后跟着一串龇牙咧嘴的笑脸。巧巧立马就回过来，先是一串羞红的脸，后面跟着文字："像我吧，我就是'花坚强'。你说，我已经这样了，如果自己不给自己一点点香气，那还能活？"接着又发来一条："不管家里有人没人，我都要隔几天买几朵百合，我想进家就闻香气。你要是冷，就待被窝里，我一会儿回去。"我发了一串拥抱的表情。

田小军还没回过微信来，我又发了一条："小军，我是花铃，你在哪里？"

我喝完奶茶，手机依然没动静，我拨通电话号码，响了很久，没人接，正要挂断，对方说话了："谁？"愣愣的男中音，很陌生的声音。是啊，一晃二十五六年不见了，声音早变了，就算是保持着年少时的声音，或许也早忘记，辨别不出来了。我兴奋地说："你好，花铃，我是赵花铃。"对方愣了几秒："花铃？赵花铃？"我说："你忘了，初中你同桌，哈达图那个。你在哪里？"对方依然是迟疑的样子，他早已把我忘了，我隐隐有些失望，然而这也很正常啊，时间多厉害呢，我不也忘了许多同学了。好久，他恍然的样子，说："哦，哈达图的，嗯，有点想起来了，我在恒盛茂了，你在哪儿了？"很庆幸，他还是想了起来，我说："我现在在固阳，过一两天，我去看你，你就在恒盛茂了吧？"他很高兴的语气："好啊，我哪儿也不去，我就在恒盛茂等你的。"我说："好，如果我今天去不了，明天一定去。"

挂断电话，我有些小兴奋，好像有了一个什么交代。从进入怀朔，到希拉穆仁，一连串的无法预知的事情发展，与我的初衷有很大的偏离，发生了那么多偏离主题的事情，而这次，终于回归到主题上，这样的话，出行应该不是毫无意义了吧。我长长舒了一口气，喝光奶茶，站在窗前发呆。

其实进入秋天并不久，为什么巧巧家这么凉呢？我把手插入衣兜，触碰到那个小塑料袋，我把它掏出来，打开袋口，那束野菊已经快要干枯，我拿在鼻子底下，细细地嗅，心里又无端沉重与怅惘起来。

门锁转动的声音，是巧巧回来了。她一边脱鞋，一边说："饿坏了吧？"我把袋子装进衣兜，说："哪里，不饿，我十点多起来，刚喝了你给我放下的奶茶。"巧巧走过来，拨拉了一下百合，香味又浓烈地荡漾开来。她说："你想在家吃，还是咱出去吃？"我说："不想动，就家吃吧，要是你愿意做的话。"巧巧笑："说得甚了。想吃甚了，我做。"我说："想吃猪肉酸菜。"巧拍了下我的头："你个死女子，现在哪来的酸菜？"我不好意思地笑笑，巧想起什么似的，也笑："啊呀，忘了，酸菜人家有卖的了，好，你在家等的，我去买酸菜。"

为深情赎罪 155

说着她就风风火火穿鞋，出门，下楼。我喊："巧，我是随便说了，吃甚也行了，快不用跑了。"她已经"噔噔噔"下楼，丢给我一句："不远远，一会儿就回来了。"

再次门响，我跑过去正想说："你好快呀！"门锁转动，回来的却是个男人，矮矮的个子，人却很干净。我愣在门边，不知道该怎么打招呼。他也看着我，惊讶的表情。慌忙中，我伸出手："哦，是姐夫吧，我是花铃，巧巧村里的。"他并没有与我握手，看似想要给个微笑，却又似笑非笑的样子。他就那样看了我几眼，并没说话，转身拿出拖鞋，把脱下的鞋放回鞋柜。我只好收回那只落空的手，没话找话地说："姐夫，你下班了？"他只"嗯"了一声，边走边说话，我没听清，好像是："哦，你坐。"然后就回了卧室。

我觉得无比尴尬，心想巧巧姐赶紧回来吧，这场面我应对不来。我只好坐在沙发上，点燃一根烟，来缓解这种莫名的气氛。

巧巧终于回来了，我赶紧凑在她耳边，怕惊动什么似的，对她说："姐夫回来了。"巧巧刚开始不明真相，笑："你这是干什么，鬼鬼祟祟的，就咱俩还用这样！"急得我只朝她摆手："不是，可能姐夫回来了。"巧看我，我用手指卧室："应该是你老公回来了，我问他，他不说话。"巧的脸一下沉下来："管他的了，我去做饭。"我看这种架势，就不自在起来，只好轻手轻脚从她卧室拿出本书看了起来，好像怕惊动了另一个卧室的男人似的。我又轻手轻脚回到沙发,翻开书本,长长地舒了一口气。

巧巧在厨房里忙活,也不和我说话,我就漫不经心地看着书,不时瞄瞄厨房的巧巧。巧巧专心做饭,我再瞄瞄那个卧室,门闭得很紧,没有一丝动静。房间里一片压抑的气氛,我感觉自己像个毫不知情、不识时务的闯入者,打破了某种危险的平衡,或使某种微妙的平衡重新处于危险之中。

摆好碗筷,盛好饭,巧巧递给我,我拿起碗,扭头看卧室,小声说:"不要叫姐夫吗?"巧也端起碗,对我说:"吃吧。"然后大声说:"饭熟了,吃饭。"却并不对着卧室,倒像是对着屋子或者空气宣布一个什么命令似的。然后巧对我说:"这酸菜不如咱自己腌的,猪肉也不能和咱小时候比。"我笑笑:"这很好了,好久都没吃这了。"其实我并没吃出什么味道来,这种压抑的气氛,直接导致我味蕾的麻木。

过了几分钟,巧巧老公从卧室出来,自己盛了一碗饭,坐下来闷声吃。我想打招呼又不敢打,左右为难地低头吃饭。巧巧大概觉出我的不自在,想要打破僵局似的,笑着对我说:"今下午,教堂正好有个活动了,你跟我去吧?"巧巧老公却开口了:"你快不要连累人家了,整天神神鬼鬼的,像个甚!"然后又低头闷声吃饭。他这突然一开口,虽然声音很低,却吓了我一跳。我看看巧巧老公,又看看巧巧。巧巧也看了她老公一眼,要说什么,却又停了口,又对我说:"要去吗?"

我本来想说田小军有消息的事情,这一打扰,竟然给忘了。我要说好吧,但看了眼低头吃饭的巧巧老公,没有敢开口,只好点了点头。巧巧老公不再说什么,吃完饭,到洗碗池漱了漱口,又回到了他的卧室,闭紧门。

巧巧一直不看他,见他进去了,低声对我说:"就这么个东西,要么不说话,要么能撞倒八堵墙。"我把碗放下,对她说:"你家一直就这样?他一直就这样?"巧巧麻利地收拾锅碗,一边说:"就这样,这已经好多了,以前还不如这,要么不说话,要么就是吵架。"我表示同情:"哦,一家一本经,都不好念。"巧巧说:"以前是我不说话,他嫌我不说,百般刁难。现在好了,他也不多说,就这样,我已经习惯了。"我呼出一口气:"我以为是因为我来了,才这样呢?"巧巧已经收拾完毕:"哪里了,就这样,家里来个人,想说了,和人家说两句,不想说了,就一声不吭,就是个活牲口。"然后她长长地叹气:"我已经习惯了,半辈子也过来了,这不算甚了。铃,咱休息休息,下午跟我去教堂吧。"说着拉我进入卧室。经过巧巧老公的卧室时,我还是轻手轻脚,只怕惊了巧巧老公。然而从他门前过时,却听到了高一声低一声的打呼噜声,这个男人已经睡着了。

巧巧闭上这边卧室门,对我说:"你看,你不习惯,你在这里熬煎了,人家根本没放心上,你听,睡得呼呼的了。"我有些失笑,这男人,还有这好处呢,什么事都不放心上,这也好，烦恼少。巧巧说："我困得不行了，昨晚睡太晚了，今儿早上又不能晚起，咱也睡会儿吧！"我起得晚，并不瞌睡，就从行李箱里拿出那本川端康成的小说集，躺在被窝里看起来。巧巧看了一眼："你看你多好了，看的书多高端，这是一本甚书了？"我给她看作者，她打着哈欠读："川……端康……成？什么人，这么长名字？"我笑笑："一个日本人，你看你困的，你睡吧，我不困，看会儿。"她翻了个身，嘟囔着："日本鬼子的书，有甚看头了？"然后就呼呼睡去。我笑着摇摇头，看起来：……这双黑眼珠的大眼睛闪着美丽的光辉，是舞女身上最美的地方。双眼皮的线条有说不出来的漂亮。其次，她笑得像花一样，笑得像花一样这句话用来形容她是逼真的。

  巧巧已经睡去，她的长辫子耷拉在被子外面。我想起有一年，我俩出去玩儿，那应该是个夏天，马莲花开得满山坡，蓝盈盈的，像云彩。我和巧巧坐在花丛里，编草垛儿。编累了，她躺在花丛里，用手挡着阳光看天空，阳光穿透她纤薄的手掌，红红的，她的脸就红红的。我跑来跑去逮蚂蚱，揪下那些红的绿的羽翅，然后看蚂蚱在草丛里笨笨地跳。

  我的睡意袭来，我听见有人喊我的名字："花铃，花铃……"绿色的幽香，接着是马蹄的声音，野草的气息，我在云里，还是在雾里？我看不清是谁，我只跟着这气息走，走啊走，走不到尽头。

为深情赎罪 159

巧巧推我："花铃，花铃，该醒了。"我一骨碌爬起来，我在哪儿？巧巧看我迷瞪的表情，拍拍我的脸："睡迷糊了？起吧，走，跟我去教堂吧！"我醒悟过来，摇摇头，把那些迷糊摇出去。巧巧老公的呼噜声依然在响，我说："你老公看来挺累的，还在打呼噜。"巧巧说："是了，他要连着上好几天班，他的班还是体力活，所以回来一次能睡好久，不管他，咱走吧。"

我们朝教堂走去，外面的阳光正好，我穿着棉衣，竟然有点热。我说："你家里，还没有外头热呢！"巧巧笑："是呀，所以我不想回家。"我转头看她，顿了下，也会意地大笑。巧巧说："秋天到送暖气前的这个阶段，我家就可冷了，你说住在楼上，哪里顶咱的土房了，就是个好看。"我说："那你还要买楼房，不听你老公的，你老公不就是要回村里住土房吗？"巧巧叹气："我才不和他回村里了，要回他回吧，我大不了，将来陪我儿子住一起，伺候他们。"我笑："把你多情的，小心人家儿媳妇不要你。"巧巧笑："不要我，我就不叫我儿要她！"我说："那由不了你的。"已经到了教堂的院子里，陆陆续续又有三四个妇女，走了进来。巧巧说："管不了那么多，有主了，主叫咋就咋吧。"

走进教堂，那教堂高高的穹顶，立马让人严肃起来，巧巧用指头竖起在唇边，示意我别说话。我跟着巧巧在前面的两个座位上坐下来。周围已经坐了不少人，大概有十几个了。

桌斗里，都放着一本《圣经》。我把《圣经》拿出来，里面还夹着一支笔，我想大概是上次听的人放下的。巧巧轻声对我说："书和笔，都是人家教堂提供的，来的时候不用带，走的时候也不带走。"我点点头，觉得原来教堂里面听课是这个样子的。这时，有一个女人从一个侧门进来，手里托着一本《圣经》，亲切和蔼的样子。巧巧很认真地听，我看到教堂高处的窗口上，停着两只鸽子，先是一动不动，然后一只飞走了，另一只也紧随其后，飞起来。我看不到它们飞向哪里，窗口太高了，它们已经不在我的视线。我有些怅然若失，站起来，想出去看看外面的天空，以及那两只自由的鸽子，它们的双翅，自由展开的样子。却发现所有人都安安静静地听那个讲桌前的女子讲解《圣经》，有些不好意思，就赶紧坐下，仿佛被所有人看到了不堪一面的羞耻。

我再次向那个高高的窗口望去，依然空无一物。我想起辽阔的希拉穆仁草原，心就隐隐一疼，毫无来由地疼。我下意识捂着胸口，腰弯了下去。巧巧用胳膊碰了碰我，稍稍侧脸向我，声音极小地说："怎么了，不舒服吗？"我轻轻摇了摇头，也小声回她："没事，可能有点冷。"我双手随着抱紧自己，泪水就来了。巧巧并没有看到我的眼泪，却伸出一只胳膊抱住了我的肩，眼睛并不看我，依然盯着她手里的书。她胳膊上温暖的气息，让我的眼泪更加汹涌，仿佛受了委屈的孩子，看到亲人般的难过，却又不敢出声，也不敢因抽泣而让自己抖动。可是这种情绪，我无论如何控制不了，只好硬着头皮站起来，几乎逃一般地离开教堂。

我坐在教堂前的台阶上，任由泪水冲撞，好大一会儿，我抬起头来，明晃晃的阳光，让我一时睁不开眼睛。耳边听到树叶子沙沙响，也可以听到教堂院墙外面有人经过小声交谈的声音。一会儿后，我的眼睛适应了光线，看到院子里的麻雀跳来跳去，啄食吃。我已经停止了流泪，自己觉得更不好意思起来：我为什么哭呢？哭什么呢？我自己都不知道。我摸摸脸，看着明净的天空，那两只鸽子，不知道飞向哪里。世界还是那个世界，云还是那朵云，风还是那些风，我为什么哭呢？心想啊，这世界有许多事情，无法把握，就像那两只有着翅膀可以任意飞翔的鸽子，你永远无法知道它们的世界，但不影响它们飞翔。人类的悲欢相通吗？或许相通，或许不通，我不知道。或许那个爱马的毕力格，此刻在草原的某个角落也有着同样的情思，但也有可能，骑在他心爱的马背上引吭高歌。无论哪种，我都是无法知道，也不能知道的了，所以，这一切或许就是一场梦，人生，谁的又不是梦一场！然而悲伤再次袭来，我只好站起来，看着远方的云朵发呆，仿佛只有那些云朵，可以拂掉我身上的悲伤。

直到有人拍了拍我的肩膀，我才从云朵中回过神来，原来巧巧出来了。

她急切地说："花铃，你咋啦，中途就出来了，不舒服了，担心的我，人家老师一讲完，我就第一个跑出来，你咋了呀？"

我回了下头，果然在巧巧的背后，人们陆陆续续从教堂门口走出来。我装作镇定地拍拍巧巧的手："哎呀，别瞎操心，就是觉得有点冷，担心感冒，跑出来晒太阳的。"

巧巧拉起我的手，一边和我一起走下台阶，一边嗔怪地白了我一眼："你们这些文化人呀，这是娇气，其他人整天劳碌受冻，也没见经常生病，我看你是身在福中不知福！"

我只好顺着她，点点头："唉，大概是了，我确实有些娇气了。"她亲昵地拍拍我的头："你不好好听，我今天听老师讲，突然有点让自己放松了些。"我说："老师怎么说？"她有点小兴奋："以前看书，不太能看懂，今天听老师讲了，有点明白了，就是说，一个女人并不是做过一些坏事，就一定不能被饶恕，因为每个人都可能做错事，但一定要迷途知返。"我有些不明白，她又说："跟你说，你也不能明白，你和我不一样，我总觉得自己不好，明明结婚了，还想着别的人。"我好像有些明白，点了点头："额，原来如此啊，我知道你指什么了。"她脸上有了明亮的笑容："所以，我觉得我也不是多不好，神会原谅我的。"我不知道该怎么呼应她，身边人不少，有些还和巧巧打招呼，我只好握了握她的手，她也回应我，握了握我的手。

她说："幸亏我现在年龄越来越大，经了些事，越来越明

为深情赎罪 163

白些了。"我笑："是啊，还真是得靠风雨冲刷，时间浸润呢！"巧巧说："唉，还有你们文化人，看书多，是更好的事了。"我点头："我也看你们这本书了，但我是当文学作品看的。"巧巧面上露出惊奇，表示不解。我说："你看啊'神说，要有光，于是就有了光。神觉得光是好的'多有节奏的句子，多美啊。"巧巧笑："就爱听你们文化人说话，就是不一样，我以前听过，也自己读过，没觉得美，可是你这么一说，确实很美啊！"接着她也跟着复述起来，复述了几句，却突然又停下来，面色凝重地看向我："可是，我觉得我还是有负罪感"。我拍拍她的手背："你怎么又来了，刚才不是说自己放松了？"她皱起眉头："是呀，可是我还是不心安，因为我曾经动过杀我老公的念头。"我只好搂住她的肩膀："你呀，那只是个念头，你又没有真的动手，这不算什么的！"

不知不觉间，日头已经偏西，但温度很好。微风吹过，我反而觉得自己轻松起来，我笑着对巧巧说："不要纠结了，我们好好过吧，再说，我们能做的只有靠时间，靠智慧了。"巧巧说："是呀，我们已经经了那么多风雨，洗刷了我们半辈子了，也该明明亮亮，干干净净了。"我给她竖了下大拇指，为她感慨："你说的这几句话可比我有文化的人还有文化呢！"巧巧羞赧一笑："快不要夸我了，不过我虽然反应慢，不聪明，但我也学习了呀，笨鸟鸟也得飞着了，不能停在原地吧！"

我们俩都笑了。

巧巧说她有负罪感,我不知道,这个世界上,有没有从没负罪感的人?一点负罪感都没有的人,那该是神一样的存在吧?

正胡思乱想间,巧巧突然说:"哎,我想起来了,你不是要找西河的田小军吗?我给你打问到了。"我有些惊讶:"啊,哪里打问的?"

我们在教堂院子的一溜台阶上坐下来,台阶上放着大小不一的毛毡,大概是专门放下让人们坐的。有一些鸽子飞下来,在院子里啄食,一个男人拿着盘子,盘子里有麦子,正撒出来给鸽子吃。巧巧说:"这是这堂里的牧师,呼市来的,可有文化了,讲得也可好了。"她脸上显出崇拜的光泽:"我真羡慕这有文化的人了。你看你多好。"我摇头:"那不一定。"巧巧不和我争辩,说:"我早上去了店里,想起我店里有一个服务员是西河的,就问了一句,结果人家说知道有这么个人了,只是好像前两年出了点事,不知道是住监狱的了,还是断了一条腿。"我惊讶地叫了一声:"是吗?我今天早上联系到了,说是在恒盛茂了么,不可能住监狱。"巧巧说:"不知道呀,这个服务员不大大,是个二十来岁的闺女,大概是记错了?"我说:"记错了吧,说是在恒盛茂了。"巧巧说:"那就是断了腿了?不知道,在恒盛茂跟在西河还不是一样?一点点远。"监狱是不可能住的,但断腿这事,我怎么都不能相信，我自言自语："怎么可能断腿呢？"

我望着院墙边的杨树，树叶子快要落尽，阳光穿过来，在地面形成一片稀疏斑驳的影子。我仿佛看见高高个子，长长腿的田小军，穿过这些树影，在原野上奔跑，转身，是年轻干净的笑脸，我看不清他的脸，但那笑容里的暖意，直逼过来。

我说："巧巧，不可能断腿，他的腿那么长，怎么可能断？"巧巧抚摸着我的背："那就是她记错了。你不是说你已经联系上了？那就不可能在监狱里，再说你的同学也没给你这方面的信息，那就是这个娃娃记错了。这样的话，腿断了，也肯定是听错了，传错了。这话啊，经过几个人的口，就变成完全不同的样子。"

我点点头，就是，一定是听错了，或者弄混淆了人，我不是在怀朔的时候，还见了个毫不相关的田二军吗？然而我还是突然迫切地想到恒盛茂去，去看田小军。

天有些冷了，日头更加偏西，空气突然变得寒意森森。巧巧站起来，拉起我："走，到我火锅店去。"我随着她往出走，那个牧师也坐在沿台上看鸽子飞来飞去，巧巧对他说："郭老师，我们走了。"那牧师点点头，笑意盈盈："好，这是你朋友，带着她常来啊。"巧巧点头，阳光在她脸上一闪，有晶莹的东西。我说："巧巧，我觉得你来教堂的时候，状态最好。"巧巧说："是了，我来了就放松，不知道甚原因。"我笑:"固阳有到恒盛茂的车了不,我想早点去看看田小军了?"巧巧说:"没有,哪有去恒盛茂的了,你着急甚了,跟我多住两天。"我说:"你这服务员说的我心里毛毛的,就想早点去……那我怎么才能到了恒盛茂?"

我们进了巧巧店里,店里很冷清,半下午的时候,没有顾客,只有个姑娘趴在吧台上打瞌睡。我们进了昨天的那个小包间,巧巧给我倒了一杯白开水:"喝点水,我想想啊,我想想你怎么才能到恒盛茂。"

她想了一会儿,不甘心地说:"我说你住的吧嘛,多住两天,我好不容易有个说话的人。"我拉拉她的手:"天下哪有不散的筵席,我也出来好几天了,把这个心事了了,也该回去上班了。再说,我还有儿子了嘛。"

巧巧黯然,端起水来喝,然后一拍腿:"有了,固阳有到达茂的车了,说是路过西河了,但不是去西河村,可能离西河不远远。我给你问问。"说着她打电话,打完后,对我说:"是了,固阳到达茂的车,路过西河,不进西河村,但穿过恒盛茂,你正好在那儿下车。"说完,好像我立马就要走了的样子,她抱着我的肩膀轻轻摇晃:"你多住两天吧,好不容易能见面,行不行?"我伸出胳膊抱住她:"等孩子长大了,我会常来的,那时候咱老姐俩,想住几天就住几天,咱一起出去旅行去。"

她放开我,望着窗户外基督堂的尖顶:"唉,我还从来没旅游过，最远只去过呼市。"我说："你为什么不去呢，你孩子已经大了，你应该自由了。"她叹口气："你看我能出去了？前几年是没钱，又不识字，不敢出门。这两年稍微有点胆儿，手里也有零花钱了，可是这个店开的，我能走了？"说着她停下来喝水，我看见她迟迟不把水咽肚里，好像憋着一股什么情绪。好久，她把水咽下去："你知道我最想去哪里吗？"我摇头，她依然看窗外，好像对着外面飞过的鸽子说话："我说我有罪了，我得好好赎罪了，我想去百灵庙。"我知道她的心思，但还是安慰她："百灵庙又不远，你去呀。"她不接我的话，兀自说下去："我就想看看顾生，看他变成什么样了。"然后她转过头看我："我不是想和人家怎么样，我就是想看看他现在的样子，他过得好不好。"我点头："我知道，我知道，我懂。"她的眼睛里雾蒙蒙的："我一辈子就爱过这么一个人，如果那能算爱的话。"

　　房间里暗下来，窗户外的景色笼罩在微微的暮色中，发着冷冷的光。我不知道该说什么，只看着她。她说："你说我一边信主，一边还想着一个不相关的男人，你说我这罪，能赎清？我看我还得下地狱。"我抽出一根烟，点燃，烟雾散开。我问："你再没遇到过喜欢的男人，或者喜欢你的男人？"巧巧说："你快不要说了，我已经罪孽深重了，还敢喜欢别的男人？"她笑："喜欢我的男人，我也不知道有没有，从来没人跟我说过。"我吐出一口烟："你又不傻，别人对你好不好，你还不知道？你那么好看，又积极向上。"巧巧说："好看甚了，老了还，好像有了，但是我不喜欢。我就是喜欢顾生，一辈子就喜欢他，可惜，没有可能，白喜欢一场。"我看着烟头上的红光，心里面充满莫名的感动："你真是个深情的人！"巧巧又笑，笑声像暗夜里的一小朵火苗："你就是会夸人。深情甚了，有老公了，还想着别的男人，这能叫深情？"我没法跟她解释，只好重复一遍："你就是个深情的人，少见的深情的人。"我转念一想说："那明天咱俩一起去，先去和你看顾生，然后我再去恒盛茂。"她急忙摇手："不行不行，我也不知道人家在不在百灵庙了，我也是听说在百灵庙了，不行，就是在，我也不去，名不正言不顺的，像个甚了！"我说："你不是说，现在的通信，只要问个手机号，加个微信就能联系了？"巧巧打断我："你快不要兜没的了，要问他的电话号码，也能问到了，可是我就是没问过，他的消息也不是我问的，是别人说的，我听来的，我不行，我没那个勇气。"我叹气："你不是想见人家想见得不行？"巧巧深深地叹气："唉……是了么，想见了啊，这辈子最大的愿望就是见他，可是就是不能见，即使有机会我也不敢。"

　　房间里更黑了，她的身影隐藏在黑暗里，优美而落寞。她又强调："我是有负罪感的，心里纠结来纠结去。"我说："你那么虔诚，上苍会眷顾你的。"

　　巧巧说："不说这些了，咱吃点饭。"我掐灭烟头，莫名地来了一句话:"那你就为你的深情赎罪吧!"巧巧没听明白:"你说什么?赎什么罪?"我拉起她的手,重重地说:"那你就为你的深情赎罪吧!"巧巧好像没听懂,又好像听懂了,重复了一句:"为我的深情赎罪,对,为我的深情赎罪吧。"

不能说

　　巧巧的火锅店晚上比较忙，我坐在吧台边等巧巧。巧巧说："花铃，要不我先送你回去？"我摇摇头，心想我怎么面对不说话的巧巧老公。巧巧大概猜到我的心思，说："不怕么，你回去就待在被窝里，或者看书，要不披个毛巾被，看电视也行啊。他要不走的话，也是一个劲儿睡觉。"我还是坚决摇摇头。巧巧无奈地笑笑，也只好摇摇头。

　　我看见巧巧被一些客人拉住，要她喝酒，巧巧也爽快地喝，笑语欢声。她那种爽快劲儿让我担心她会不会喝多。好在，只有一两桌的客人要她陪喝。

　　回家的路上，我问："你喝酒挺厉害的？"巧巧笑："哪里，以前一点也不沾这东西，你说，一直在村里，也没个喝酒的机会。再说，一个女人家喝酒，总不是件好事。可是你看现在。"她抬头望望天空,轻轻叹口气。

是个有月亮的晚上,弯弯的月亮像贴在薄薄的云层间,月亮运行,又像云层在流动。我表示生气地说:"那你就不喝了嘛!"巧巧挽着我的胳膊:"花铃,一看你就是个享福的人。你说,我开的店,来的很多是回头客,有的是有头有脸的人,我要是不喝,怎么能行?"我还是摇头:"那有什么,有头有脸的人就怎么了?"巧巧笑:"唉,你不陪喝,人家就没了面子,以后不来了……都是我的衣食父母呢,我得靠这些顾客赚钱啊。"我不做声了,巧巧说:"做生意,就这样,该委屈的时候就得委屈,你不用担心。刚开始那会儿生意好,喝酒就多些,今年生意不太好,也喝不了多少,今儿你看,我就喝了两盅。"巧巧的脸洒上月光,冰冷而白润,她细长的眼睛里,星星般闪着水波纹,我看不出那里是暖情还是冷意。她得应付她的生活,她得一段一段走自己的路,就像月亮从升起到落下,经过的天空,有云,有风,还有晴空,每一段都不可知,每一段都不相同。

早晨起来的时候八点多,巧巧依然已经上班,她老公也已经不在,大概也上班去了。来到巧巧家,或许因为时间短,觉得这个男人只是家里的一个影子。昨晚我们回家时,因为已经很晚,巧巧老公大概已经睡了。路过他的卧室时,我有个奇怪的感觉,我觉得那是另一座房子,与巧巧的房子无关。那个房子通向的另外一个世界,与巧巧的世界是两个不小心交叉了一下的圆。我起床后，去卫生间，在他的房间门口停了一下，那一刻有想打开的冲动，但其实知道那是一个空空的卧室，至多有着无数的烟头，或一屋子烟味。但巧巧老公看起来是个爱整洁的人，或许已经清理了屋子，里面是干净整洁的了。

洗漱完毕，坐在餐桌旁喝奶茶，望出去客厅里的百合还是亭亭玉立，香气弥散在空气中。我仿佛看见巧巧捧着一束花朵，从乡间的土路上，一直走向城市的柏油路。日头下，或暗夜里，或月光下，她转身，可以看到她自己的影子，再转身，依然是自己的影子，她的影子被香气弥漫，像此刻房间里寂寞的香气。

门开了，是巧巧。她一边脱鞋，一边说："花铃，你收拾好了吗？"我点头。我看见她的影子生动活泼，搅得房间里的香气四溅，薄厚不均，我却无来由地悲伤。巧巧说："你不用坐班车了，我给你打问了个顺车。"我诧异："这么巧？"巧巧说："我今儿早去店里，路上碰到一个朋友，就多了一嘴，结果人家说，正好他邻居说今天要去达茂。"我忙说："那合适吗？"巧巧说："合适，有什么不合适的，我也问了，说车上可空了，只有司机和他邻居。"我问："那什么时候走？"巧巧说："快了，叫我等电话的了。"

她在屋子里走来走去："你说，你多久才来这么一趟，也不多住几天，你说，我给你拿点儿甚了？"我拉住她，坐在沙

不能说　173

发上:"你呀,什么时代了,还用带东西,现在只要有钱,哪儿买不到啊?"巧巧也笑:"是啊,那我给你拿点钱?"我使劲儿捶她:"你这是干什么呢嘛!"她笑着躲开,辫子在背上甩动,非常好看。

打闹间,巧巧电话就响了,巧巧接起:"哦,知道了。"同时赶紧帮我拖起拉杆箱,示意我背上背包。我们赶紧下楼,一辆银色的轿车已经等在了大门口。

我上了车,后座上已经坐了个女人,大概五十来岁的样子,面容姣好,气质优雅,面色却沉重忧郁。司机和巧巧帮我把行李箱放到后备厢里。巧巧看着我:"你一个人路上小心点,有事没事发个微信。"我点头,她朝着那女人和司机打招呼:"谢谢了啊,她在恒盛茂下,麻烦了。"车已经开动,我看着她挥动的手,渐渐消失在视线里。

确实人不多,副驾驶座空着,后座上是我和那个中年妇女,看来只有我是搭车的。我朝她笑笑,表示打了个招呼,她却开口了:"你去哪儿?"我说:"恒盛茂。"她听我说的是普通话,就说:"哦,你是外地人?"我点头。她说:"到恒盛茂作甚?那是个小村子,现在荒得很厉害,村里人很少。"我说:"去找个朋友。"她对前面的司机说:"别开太快了,我有点不舒服。"然后转过来叹口气,对我说:"哦,你也是找人的?"我点头:"是,多年前一个朋友,说是在恒盛茂,我想去看看他。"

她欲言又止，又对着窗外叹了口气。司机说："嫂子，你不用一个劲儿叹气，年轻人，这种事时不时发生，不用着急，谁也有个年轻时了。"我看着她愁容满面的样子，小心地问："你也是找人？"她苦笑着对我："妹子，是啊，我也是找人。"我问："你找什么人？"她又叹气，头转向车外，不再说话。我想她大概有什么难言之隐，也不再问她，只是听见她时不时长长叹气。

　　过了一会儿，她转过头来，又长长叹了一口气，对我说："哎，妹子，看你也是个外地人，我给你说了吧，我是找闺女去了。"我有点奇怪："找闺女，她怎么了？"她说："说起来丢人了，她跟人跑了。"我也长吁了一口气，原来是跟人跑了，我以为是丢了呢，这不算什么大事啊。她看我长吁气，说："丢人了吧，谁听了谁觉得丢人！"我赶紧使劲儿摇头："姐，这不应该算什么啊，年轻人自由恋爱啊。"她也摇头："那也没有这样的啊，唉，作孽。"我为了缓解她的心情，问："姑娘多大了，要是人家实在愿意，就让她们结婚算了，也就不跑了呀。"她说："唉，不是那问题，你知道她多大吗？"我摇头，她说："她才十六岁！"我"啊？"了一声，她说："一个十六岁的娃娃，跟一个三十多岁的男人跑了，你说这事情，而且那男的是个离过婚的。"我不知道该怎么说，只好小声嘀咕："哦，确实很小啊，她不念书吗？"她看着窗外，眼里充满焦虑："你看已经九月份了，早已经开学了，应该上高中

不能说　175

了。"前面的司机插了一句："嫂子，我听哥说，不是给她联系了包九中么，那么好的学校，后来怎么样了？"她依然看窗外："我能咋地呀，连个人都捉不住，学校的事就那么耽搁着。"司机半无奈半安慰地说："唉，成绩那么好，人见人喜欢的一个乖姑娘！"她从窗外收回目光，眼里泪光闪烁："是啊，她一贯很乖的，很懂事，我说什么她都听，从来没有顶撞过我，你说她怎么突然就鬼迷心窍了？"我掏出纸巾递给她，她接过来，泪水就流出来，有些小声地抽泣。我拉拉她的手，她的手非常绵软："没事的，姐，孩子小，接回来就好了，成绩那么好，稍微努力点，也落不了多少功课。"她擦掉眼泪："妹子，你不知道，这孩子我费了多少心血。"这样一说，她哭泣得就更厉害了，话都说不成。司机从后视镜里看她："嫂子，要不再开慢点？"她点点头，伏在我的肩上重重地抽泣起来："妹子，你不知道，她是我抱养的……"看着她这样，我也不知怎么，也跟着眼圈红起来。过了好一会儿，她才停下来，对我讲了前因后果。

　　她叫芳华，从小条件出众，无论外表还是学习，但她没有走考学的道路，而是进了部队，复员后嫁人，对方家庭条件很好，却也很传统。可是她不生养，求医问药请神，最终没用，只好在三十多岁时，抱养了这个孩子，并给她起名叫胜男。为什么叫胜男，因为她公公婆婆就是喜欢男孩儿，所以一直不待见她，幸好她老公还不错。她一心一意培养胜男，希望她争气,希望她能有出息,她几乎是用军队的方法培养这个孩子,一坐一立,一出一入,言语高低,待人接物,都有很标准的要求。

说到这里时,芳华眼里充满了自豪:"你知道这个孩子多好吗?她从来没有反对过我,我要求的都做到了,而且超出我的想象得好。"她叹口气,语言里都是温柔:"有时候,我自己都觉得我的要求有些苛刻,可是她没有一点怨言,全部做到。"她对司机说:"你们吴局长可能也给你们说过,她的房间非常整洁,整洁到一根头发都不会有。"她看着我:"胜男根本不用我给她收拾房间,从她五岁多开始,自己一个人睡的时候,就是自己整理房间。她奶奶爷爷是很挑剔的人,但挑不出胜男的一点点毛病。"说着,她就又哭了。"可是这么好的孩子,为什么突然就鬼迷心窍了呢?"芳华哭了一会儿说:"我几乎把所有心血都花到她身上,这个孩子不言不语,主意却硬,也很听话,成绩是一等一的好,经常是年级第一名。不仅如此,"她擤了擤鼻涕,鼻音很重地说,"她还会帮我干家务,只要有时间,洗锅做饭,都很拿手。"

我心里一动,问:"这个孩子开朗吗?会和你交流吗?"她叹气:"不开朗,可是也不郁闷,很正常啊,和我是不怎么交流,可是她很忙,经常是学习的状态,我也不打扰她。"她问我:"难道,这里有问题?不应该啊,我什么都满足她,要什么给什么,没缺过她什么呀。"我赶紧说:"不是,我也是

不能说 177

闲问。"她长吁一口气:"今年中考,她考了固阳县第二名,我知道她心里想的是拿第一名,她经常考年级第一,她念的初中是固阳最好的初中。知道成绩后,自己在屋里闷了一整天,一天也没出房门。我叫她她也不出来,这在以前是绝不会有的,只要我叫她,她一定会听,哪怕她手头有事,也要停下来听我说话,我让她怎么做,她就怎么做。可是那天她就是一声不吭,不说话,也不吃饭。我也没有强行要求她,想她大概没考第一心里不舒服。"

她大概有些累了,闭上眼睛,让司机停车,然后拉开玻璃,风轻轻吹进来,车里的空气突然清新了许多。她把头靠在车玻璃旁,好一会儿,我甚至能听到她轻微的呼吸,大概她觉得自己平静和放松了一些,才推上玻璃,吩咐司机继续开车。她对我笑笑:"不好意思,你看我这样子。"我说:"我也是母亲,我能理解。"她轻轻笑了一下:"妹子,你不懂,一般人根本不懂。"接着她用极低的声音对我说:"我的苦,别人不知道。"我又伸出手,牵起她的手,柔若无骨的手,我看着她的眼睛,她的眼睛里除了焦虑,无奈,仿佛正在生起一种愤怒。她想说什么,却欲言又止,接着深深地叹气。

司机专注开车,车里又陷入沉寂。我仿佛在走近一种什么情绪,又却被挡着一层透明的看不清的物质。我想逃离这种物质,可是又被附着在这种物质里,无法逃离。司机仿佛也在屏蔽着什么,他从后视镜里看芳华,我能觉察出他的小心翼翼与躲避。躲避什么，我不知道。芳华的呼吸却越来越急促，她试图打开玻璃，可能害怕外面风大，又不能打开。司机看这情况说："嫂子，你没事吧？前面有个小亭子，要不你出去休息一下。"芳华看着外面，好像进入一个什么小镇的样子，她点点头说："好吧。"

车停在一个小亭子旁边，司机去了前面的厕所，我和芳华出来，坐在亭子间的长凳上。阳光其实很好，上午时分，柔和得紧，虽有风，却不凌厉，舒爽凉快。

芳华看见司机走远，突然握着我的手说："妹子，在车上不能说，现在我给你说说，我憋了好多年，没个说的地方。"我说："你可以和朋友说，和父母说啊？"她说："不能说，和谁也不能说，太丢人。"她说："我不生养，我以为我老公并没有嫌弃我不生养，可是你知道吗？"她的泪又来了："你知道吗？他在外头有'小三'，而且还生了儿子！""啊？"我惊呼。她看看司机，厕所较远，司机还没出来，她说："我知道，他已经把人家养起来了。"我问："是他告你的吗？"她哭："没有，他没告我，这种事，还用告？夫妻之间，能感觉不到？"我搂着她的胳膊，也哭起来，我很心疼眼前这个女人，就像她是我的姐妹一般。

她看我哭，掏出手绢给我擦，是一块丝质的小方巾，上面是很精致的绣花。我有些受宠若惊，现在的年代，谁还用手绢擦泪啊。我不自觉一躲，她却不在意："妹子，你看，让

不能说　179

你跟着我也伤心。"我想笑一下，却笑得很难看。她说："我从前年知道这个事，那年我四十九岁，你说我这么大年龄，唉。"她也给自己擦擦泪："前年开始，他就不怎么待见胜男，当然也不是不管，但我……"她突然停止说话，原来司机从厕所出来，逐渐走近，司机说："嫂子，外面空气好，今天阳光太好了，要不你们在外面多坐一会儿？"芳华点头："好，行了，你在车里等着吧。"司机看我一眼说："好，嫂子，我在车里打个盹儿，你们休息好了，叫我就行。"然后司机就钻进轿车。

芳华看他进去，接着对我说："他对胜男还是很正常的，但是我能感觉见和以前不一样，后来，我慢慢知道了他的事。"她已经不再哭了，逐渐平静地叙说："我后来才知道，这是他做乡镇书记的时候，处的一个相好的，后来把人家调到城里，人家也嫁人了，然后他们也没联系了。"我说："那很好啊，怎么又出了这事？"她反而笑起来："妹子，你着什么急，你听我说。"

她抬头看看云彩，天上云彩很少，因为有风，云朵是不太能存得住的，然而却使天空更加澄澈，好看。她说："谁知道，有一天，那女人带着她的儿子让我老公看，说是他的儿子。"我很惊奇："有这样的事？"她说："有啊，这世界，什么鸟儿都有。我老公去做了亲子鉴定，果然是他的，然后他立马把那女人接过来，给安置了房子，养起来。"我很不解：

"那那女人的老公呢?"她说:"唉,那也是个倒霉蛋子,他能怎样呢?只好离婚啊。"

我心里五味杂陈,真觉不可思议:"竟有这事,这男人更冤啊,养了几年的儿子不是自己的,老婆孩子一起飞了,唉,难以接受!"她反而安慰我:"你还年轻,经的事少,这林子大着呢!"她说:"我还偷偷去过那女人的住处,也偷偷看过那孩子。那女人不是很好看……"我抢着说:"我觉得比你好看的女人,大概也不是很多。"她羞涩地一笑:"那是你过奖,不过那女人确实没我好看,很普通的一个女人,形象气质都一般,可是架不住人家年轻又命好啊!"

她瞟了瞟车里,窗玻璃是茶色的,黑洞洞的什么也看不清:"你知道我当时想怎么吗?我想上去掐死她。"我说:"如果是我,我也会这样想。"她笑:"可是,我能那样做吗?我又不是个村妇,我在固阳县城也是有头有脸的,知书达理的人,我能那样骂大街吗?再说,这也不是那女人一个人的错,错在我老公啊!"她眼里又泛起泪花:"我又看了那孩子,是个很可爱的男孩子,是和我老公有点像。"我有些愤怒:"那你为什么不离婚?"她苦笑:"我想过啊,我不能忍受。可是那时候我家胜男才十二三岁,胜男本来就是抱养的,已经够可怜了,我不想让孩子有不好的家庭氛围。再说,我奔五十的人了,再闹上一出离婚,多丢人啊!而且我……"她又抽泣起来:"可是,你说,这孩子,怎么就做出这样的事情呢?

不能说 181

有时候我想,我这是上辈子做什么坏事了?"我说:"给我的话,我一定离婚。你离啊,为什么不离?"她说:"伤心的时候我也想过啊,我还向他提出过离婚,可是人家不离。"我生气:"他有什么资格不离,他这是犯了重婚罪!"她赶紧捂我的嘴,仿佛这句话,真会带来什么严重后果:"妹子,那怎么行,我不想他后半辈子不好过。"我有些无端地恨铁不成钢:"那你后半辈子还不好过了,你怎么就不说了?"她看我愤怒的样子,仿佛为自己不离婚很愧疚似的:"哎呀,让所有人难受,还不如我自己一个人难受呢。不说了,只要我的胜男好着,其他的就不说了。"

我心里生出无边无际的愤怒与悲哀,但不知道愤怒什么。是愤怒这个男人?这种男人见多了!悲哀什么,是悲哀这个女人?这样的女人也见多了,我自己也不比他们好到哪儿去,我有什么资格愤怒和悲哀?然而这样一想,愤怒没了,悲哀却连绵不绝。我只好换个话题:"你怎么知道胜男在达茂?"她又沉重起来:"我也是昨天知道的,说在百灵庙和那个男的租了个房子住着呢。"我无奈:"这个孩子!"她说:"是呀,我都开始怀疑人生了。你说这么一个乖孩子,优秀的孩子,跟着一个无业游民跑了,据说还是离过婚的。"我问:"那这个男的是哪里人,干什么的?"她说:"可不说吧,这个男的就是固阳的,大学毕业后,说是先在政府部门上了一年半班,结果说辞职就辞职了,后来到处漂。大概因为没固定职业,老婆和他离了婚。说是晃荡了几年，回固阳开了个咖啡店，我以前还去过，看着是很温文尔雅的一个男人。"我说："那你姑娘怎么就接触到了他呢？她说："她以前肯定没去过，这不六月份中考完，由她自己玩儿嘛，也怪我，放松了她。"

她看看天空，有风吹过来，稍有些凉。她说："我们上车吧，到车上再聊，要不冷的。"我说："是啊，再说，你也该赶紧去找胜男啊！"我想她已经对一个陌生人，说出了她最难受最不想让别人知道的事情，所以她可以放心上车。

她站起来，将手绢小心放在衣兜里，她的短发浓密而黑，烫成大卷，顺贴地垂着。我不由感慨："姐，你的头发真好，这么黑。"她拉起我的手往车上走："唉，别说了，染的，前年白了一半，今年全白了。"我想说其实你的气质，白头发也很好看的，可我没有说出口，这样自尊的女人，我担心她会认为我在安慰她而觉得不舒服。

司机说要打个盹，其实可能没有，因为我们走向车的时候，司机已经发动了车。

我们依然坐后排，仿佛已经很熟悉的样子，女人和女人，难道就隔着这么几句心里话？想想觉得奇妙。我说："姐，到恒盛茂的时候，告我一下，要不我不知道。"司机说："不要着急，还有一截路了，到了我告你。"芳华说："不怕司机笑话，也不怕妹子笑话，你们说我这个姑娘，怎么就突然变了呢？"我问："你怎么知道她是跟人跑了呢？"芳华说："她留

不能说　183

了封信给我们呀。""哦,"我说:"然后呢?"她说:"就在开学前几天,八月下旬的一天,她出去了就没回来,手机关机。急得我,到处找,找不着,问同学,说不知道。我担心死了,在家里团团转……"我说:"那你为什么没第一时间报警?"她说:"我想她不应该出事,她是很聪明的孩子,再说,万一什么事都没有,报了警,多丢人!我正在家急得要命,心想,报警吧,却在她房间的床边发现了纸条。开始没发现,我猜可能是在写字台上来,被风吹到床下了。我拿起来一看,当时肺都气炸了。"我说:"她怎么说?"她说:"她大概是说,想过自己想要的生活,而不是事事听别人的,她说她喜欢那个男人,她想自己做主。反正就是这意思。"她反问我:"你说,这么丁点儿的孩子,要过什么样的生活,要做什么主啊,我就想不明白,难道家里的生活不好?"她又叹气,我不知道她叹了多少气,仿佛她要把所有的气都叹出去,然后变成空壳。她说:"再说,她想要什么样的生活,可以跟我说啊?为什么就偷跑了呢?偷跑就偷跑吧,还要跟着一个男人,这孩子,真想不明白。"我安慰她:"孩子们嘛,情窦初开,很容易做出不理智的事情。"芳华有些气愤:"你说,胜男小,不懂事,难道他也不懂事?都是他教唆的,我觉得,这是个道貌岸然的骗子。"

我想起她刚才说她见过这个男人,是个看起来温文尔雅的人,难道果真是个道貌岸然的人吗?我附和着:"这个男人确实有问题,你说一个孩子,你怎么就敢领着她跑了,唉!"芳华激动起来:"关键是,这个男人骗术太高明。胜男给我的留言里说,不要怨这个男人,是她自己逼着这个男人带她跑的。你说,一个小女孩儿怎么会逼着一个成年男人做出这样的事情?"我无言以对,突然想起《洛丽塔》,我曾经看过的一个小说,转念一想,什么乱七八糟,谁知道到底怎么回事。然而我却突然对这个女孩子和这个男人充满无限的好奇,到底怎么回事?

车过了新顺西的时候,路突然不好走起来,前面的一块牌子上写着有一段路由于出事封闭。司机说:"嫂子,怎么办?得绕路。"芳华说:"绕就绕吧,反正今天得去百灵庙。"司机有些不好意思地看我:"那这个姐怎么办?"我不知道他的意思,他说:"绕路的话,就不过恒盛茂,你怎么办?"芳华说:"就没有路过恒盛茂的路?"我说:"路过西河也可以,我可以在西河下车。"司机说:"都不路过,除非专门走,那就太绕路了。"

芳华看看我,我看看芳华,我说:"要不我下车吧,我重新搭个车吧。"芳华对司机说:"那条路到百灵庙估计几点?"司机说:"另一条路比较顺,到石灵庙应该……"他看看表盘,是十一点多:"大概最晚一点也去了。"芳华对我说:"这样吧,你跟我们去百灵庙,我们接上胜男,然后回来时,把你送西河。"我看看司机:"回来时,送西河,不绕路吧?"司

不能说 185

机笑:"回来的时候,不绕路,咱们走了另一条道。关键是,我担心今天接不回胜男。"芳华说:"能了,我已经跟宇文联系上了,宇文说他已经做了胜男的工作,今天就能接回来。"我有些不知所措:"宇文是谁?我不会误了你们的事吧,我的事不着急,我在这里下,想办法搭个车也行!"我有些不好意思。司机说:"这里本来大巴少,再加上你看不是路上出事了?不太好搭车。"芳华也说:"把你一个人丢下,怎么能行,你一个女人家。走吧,跟着我们走,迟迟早早我们送你到恒盛茂就好啊。"我只好点头,事情到了这个地步,我也不知道该怎么办,听天由命吧。司机一脚油门,车就转了方向,向另一条路开去。

多住一晚

　　车从一个山口进去，中午的阳光正大片地洒在草原上。一个小县城安静地卧在山谷中，旁边有一条河穿过，远望像一条银色的带子，树木并不多，然而这种疏落使得百灵庙有着一种清淡从容的气息。县城右边的山叫作女儿山，下面是一块平坦的山石凌乱、野草丛生的空地，挺立着一个高高的柱碑，是人们所说的康熙营盘。
　　司机本人是百灵庙人，他如数家珍地给我介绍百灵庙的情况。他说很多月明人静的时候，能听到女儿山传来优美的马提琴声与嘹亮的歌声，传说是来自一位穿绿裙子的仙女。而远远望去，鸽子成群飞翔的地方是广福寺，也即百灵庙。司机说，不知道为什么，广福寺上空的鸽子特别多，尤其在傍晚，夕阳中，那种景象太漂亮了！述说这些的时候，司机的眼里充满了自豪之感。他的诉说,让我怀疑他们不是来找人的,而是来旅游观光的。

进入百灵庙境内,芳华就一直一言不发,听到司机说广福寺上空的鸽子很多时,她接口说:"那有什么好神奇的,因为寺院内树多,鸽子逐树而飞。"司机从后视镜里看了看芳华,赶紧闭嘴。

进入县城宽阔的大道后,司机开慢了车,不断拿眼睛看芳华,芳华一直拨拉手机,大概在和那个宇文联系。良久,她对司机说:"你往团结路走,然后在团结路与艾不盖街交叉处,说有个图雅饭店,他们在那里吃饭,你开快点。"

芳华脸上现出特别激动的神情,她本能地使劲儿抓我的手。我不知道她心里怎么想的,大概是紧张,可是见自己的女儿用这么紧张吗?我不知道。

司机一踩油门,车就快速驶出去。草原县城的路,直来直去的多,况且已经一点来钟,大街上人并不多,所以不多会儿我们就看到了"图雅饭店"。

司机把车停在院子里,芳华却呼吸急促,不肯下车,我能感觉到她手心在冒汗。司机说:"嫂子,下吧,到了。"芳华看看我,我对她点点头,用劲儿握握她的手,我希望给她一点力量。这个外表优雅淡定的女人,此刻那么脆弱,那种力图掩盖的脆弱。我说:"姐,下吧。"她又看看我,眼睛里雾气弥漫,真是双美丽的眼睛,可惜此刻充满了无助与不安。

我再次握握她的手，示意她从另一个车门下车，她脱开我的手，轻轻拍拍自己的胸脯，长长地深呼吸了两次，整理了一下自己的头发与衣服，然后开车门下车。我觉得她这种悲壮的样子，哪里是要找闺女，这分明是上刑场嘛，我心里生出无数的怜悯与悲伤。司机说："嫂子，要我和你一起去吗？"芳华摆摆手："不用，就让这个妹妹和我去吧。"

下车后，我转过去拉住了她的手，她突然想起什么似的回头敲敲车窗玻璃："小张，你自己先去吃个饭。"司机摇下窗玻璃："不用管我，你先去吧。"她紧紧牵着我的手，我走在前面，她跟在后面。

饭店并不大，进门我就看见一个女孩子和一个男子正坐在角落里吃饭。我可以断定那一定是胜男，虽然脸庞稚气未脱，清秀宜人，却有着说不出的疏淡，使得这个女孩子看起来有着一种令人无法靠近的暗黑与疏离，不知道是哪里来的这种与她年龄完全不相符的深邃。有一缕阳光从旁边窗户穿进来，洒在她脸上，我甚至可以看清楚她脸上的绒毛，在阳光下清晰地抖动。

她完全没有察觉，只低头专注吃饭，偶尔抬眼看对面的男子，眼神稳定，那种无喜无怒，不像是看一个恋人，倒像看一位父亲。

那男子不时地看窗外，显得并不专注，心事重重的样子。我进来的时候，他朝我瞟了一眼，并没在意，头又转过去，看窗外。这确实看起来是个温文尔雅的男人，有着浓郁的文艺气息，头发并不长，后脑勺上扎成一个小辫子，与下面的散发垂在一起，整洁干净。

这时，芳华一把推开我，那个力气特别大，我差点被推倒。她冲到女孩子面前，一把夺下她的筷子，厉声说："胜男，你要害死妈妈呀！"声音不高，同样充满力量，那种低沉的给人内伤的力量。那男子吓了一跳，大概完全没有预料到这种情况，睁大了眼睛，不知所措。女孩子大概也被惊到了，我看见她小小的身体，抖动了一下，然而她立马镇定下来，依然坐着，说："你怎么找到这里的？"她眼神并不看她妈妈，也不看男子，好像落在窗外的某个地方，又像什么都不看。芳华一把拉起她的手："走，先跟我回家再说。"我看见对面男子站起来，想说什么，却只嘴唇动了几下，什么也没说，尴尬地站在那里。

饭店里的人，都朝这边看。胜男甩开芳华的手，一个箭步冲出来，夺路而出："我不回去！我不想回去！""不"字说得特别重，声音并不尖利，却充满寒气。

芳华看看那男子，狠狠瞪了他一眼，伸手去抓胜男，却没有抓住，自己打了个趔趄。我伸手扶了扶她，她还没站稳就随着胜男跑出去。男子向我摊摊双手，也赶紧跑了出去。吧台上的服务员对着他的背影喊："哎，还没结账呢。"我只好赶紧结了账，也随着跑出去。

司机并没有去吃饭，大概知道发生了什么，看到我出来了，让我赶紧上车。我上了车，看见芳华与胜男已经跑出很远，男子亦步亦趋跟在后面。

司机一边开车一边说："你看这有钱人家的孩子，真是没法说。"我看见他们拐进一个胡同，叮嘱司机："赶紧跟上！孩子小，不懂事，和有没有钱无关吧？"司机转方向盘，撇撇嘴："小甚了，已经十六了，还是他们家太有钱的过！"他一边紧跟着，又不敢开太快，嘟囔着说："就是太有钱，这孩子和人私奔的时候，卡里的钱不是我们普通人能知道的，要不这么长时间，她消费甚了？"我说："你开快点啊，你看，他们快要进另一个胡同了。"司机摇摇头："姐，你不懂，我怎么敢开太快，芳华嫂子是个太要面子的人，我要是赶在她跟前，那不等于要了她的命？"

他们进了一个小二楼的院子，司机把车停在五十来米远处，对我说："你进去吧，我在这里等着，我就不进去了。"我只好下车，一路小跑，跑进那个院子。

芳华和胜男已经进了屋子，那男子站在院子里，朝屋里张望，看见我进来，不好意思地笑笑："姐……"我问："你为什么不进去？"他看看屋门："我觉得不进去得好。"我不屑地笑笑："你怎么敢做不敢当呢？这事由你而起，你怎么就不管了呢？"

他用一块抹布把院子里的凳子擦了擦，让我坐："姐，你坐,阿姨在气头上,胜男又那么倔,我进去反而会坏事。"我想想,也是啊,就缓了颜色:"哦,那你也坐吧。"他也坐下来,叹口气,双手不断搓着。

屋子是内楼梯的样子,大概胜男和芳华在楼上,所以里面的声音根本传不出来。

我点燃一根烟,吐了口烟,试图让自己清醒一下,这半天发生的事情,让我始料不及,有不知身在何处与无法把握的惶惑之感。

男子见我抽烟,也向我要了一根,我给他点燃,他说:"我也好久不抽烟了,自胜男和我在一起,我就没抽,她太小了,我怕熏着她。"我切了一声:"你已经和人家在一起了,才说人家小,假不假啊?"他看了我一眼:"姐,你不知道,这孩子有多倔,我拒绝过。"他很用力地吸,每吸一口,烟就灰一大截。我说:"拒绝?难道她会把你拉上床?"我的声音有些激动,就变得尖利起来。他急忙挥手,烟灰就在空中飞散:"姐,你小声点!唉,也是我自己不够坚定吧,这个孩子我确实无法拒绝。"

他又向我要了一根烟,点燃,依然深吸一大口:"姐,其实我们不是私奔,是我到了哪里,她要跟到哪里。"我说:"你不会别告诉她。"他说话慢条斯理:"不告诉,难道她找不着?"他轻轻笑,并不接我话茬,只自顾自地说:"我在固阳有个咖啡店,我开了好几年了,其实并不赚钱,那个小县城,只是我用来休养的地方。"我打断他:"你离过婚?"我突然的插话,让他迟疑了一下:"你怎么知道的,听口音你不是本地人啊!"我说:"要想人不知,除非己莫为。"他瞟了我一眼:"我并没隐瞒啊,我是离过婚,但这和胜男与我好有什么关系呢?"我语塞,是啊,有什么关系呢?再说,胜男和我又有什么关系呢?我只好笑笑:"对不起啊!"他说:"这个假期,我在固阳待的多。我经常到处乱跑,跑累了,就回固阳休息,那毕竟是我出生的地方。"我有些疑惑:"那你以什么为生?咖啡店又不赚钱,而且我知道那个投资挺大。"他并不回答我的问题,只是说:"瞎流浪呗,我就是个喜欢到处流浪的人。这个假期,胜男就和我好了,这孩子,一天到晚腻在我那里,像个小跟班,跟在我屁股后头,可爱又让人心疼。"

他的烟又抽完,我又递给他一根。

他接着说:"我总不能一直在固阳吧,我就去了上海,谁知这孩子屁股后头就跟了来,我死劝活劝,她都不肯回家。"我想起这孩子成绩那么好,便说:"多么优秀的孩子,能上重点高中的。"他叹气:"是啊,我让她回去读书,她不肯,她说她读腻了,她说她在那个家里,过着的是别人的生活,不是她自己的。"

他回头看屋门,里面依然什么声音都没有,他说:"在上海的朋友家她抱着我哭了一夜,然后她在我怀里睡着了。姐,当时我心里很疼,她真的是个孩子,我觉得我应该保护她,

多住一晚 193

可是她得念书啊,不能一直跟着我流浪啊。"

一长串烟灰在他要吸一口的时候落下来,差点被风吹进他眼睛,他揉了揉眼睛:"所以,我就骗她说,我想在百灵庙也开个咖啡店。所以我们就回了百灵庙。"我问:"为什么在百灵庙?"他说:"百灵庙离固阳近,又小,联系起来方便。"我回了个疑问的表情,他说:"我在联系她的父母啊,她自己怎么也不肯回去,我得想办法让他们接她回去。""哦。"我点头。他说:"我一边联系她父母,一边租了这个房子,这房子租金还是胜男出的。这孩子,很倔。"他转头看看二楼:"我想办法知道了她母亲的电话,就告诉了她。其实我是知道她父亲电话的,但我知道他们家的情况,所以没有联系他父亲,这孩子,其实很可怜的,她要是真走了,我还真舍不得。"我问:"你爱她吗?"他笑了,笑容里有些许疲倦与一点不易察觉的玩世不恭:"爱,爱是什么?那都是他妈的骗人的东西。"他或许自觉失言:"哦,不能说是爱吧,我喜欢她。这么小的孩子,她也不懂爱,她也只是喜欢我,她也只是在我这里放松。不过,我还真是喜欢这孩子,她不幼稚,很从容,某些时候,觉得她就是个女人,而不是小孩子,这很奇怪的,所以我们在一起,很多时候,还是很开心的。"他的眉宇间,显出幸福愉快的样子。我还是问:"你都三十多岁了,以什么为生啊?"他不回答,反问我:"你是胜男的什么,亲戚?"我说:"什么都不是,我就是个搭车的,误打误撞,搅进了你们的这堆破事里。对了,你叫什么名字啊?"他说:"宇文胜。"我说:"小宇,你觉得胜男会跟着她妈妈回去吗?如果不回去,你打算怎么办?"他笑我:"姐,我姓宇文,不姓宇。"我想起车上芳华说她一直和宇文联系,原来是直接说他的姓啊。我说:"很少见的姓啊!"他也笑:"不过我习惯了好多人叫我小宇了。"他再次抬头看楼上:"我想,她会回去的,毕竟她妈来了。再说,如果他们娘儿俩谈不妥,我也会想办法帮着送回去的。"他弹了弹烟灰:"我这人,流浪惯了,从小就这样,高中毕业后一直这样,无拘无束,谁知道三十多了,突然遇见这样一个小孩子,弄得我不知道怎么办。"我还是问:"那你怎么生活?"他不看我:"瞎活呗,总能活的。"

屋里传来人下楼梯的声音,虽然很轻,我们还是听到了。宇文胜掐灭烟头,站起来,芳华打开了门:"宇文,你进来。"宇文进去,她看了我一眼:"不好意思,让你待在外头,你也进来吧。"我一边进门一边说:"没事,孩子好些了吗?"她关上门,点点头,又摇摇头,叹了口气。我们都上了楼。

胜男抱着膝盖,坐在床角,一言不发。她看见宇文胜,扭转身子,眼睛看着白白的墙壁。宇文胜坐到床边,大概想过去抱抱她,或者说些什么,看看芳华,只好坐在床边不做声。

我想做些什么,又觉得自己实在多余,站也不是,坐也不是,尤其看到胜男冷漠的眼神,我更加手足无措。

多住一晚

芳华瞅瞅胜男,又看看宇文胜,也不说什么,房间里弥漫着说不出的气息。

就这样僵持了一会儿,宇文胜开口了:"男男,听你妈妈的话,回去吧。"胜男把身子继续扭,直到脸完全靠向墙壁。宇文胜看着芳华,往胜男身边移动,芳华却"噔噔噔"地下了楼。

我想要不我也下楼,好给这对情侣一个商量的空间,也抬腿就跟着芳华下楼,芳华却一把推住我,示意我留下,我再次走也不是,不走也不是,拿眼睛看宇文胜,他却并不看我。

见芳华下了楼,宇文胜就径直移动到胜男身边,掰着她的肩膀,把她转过来。我只好悄悄地坐在楼梯口的椅子上,眼睛无处可放。胜男被掰过来,眼里蓄满了泪水,却不流出来,只是闷闷地反复着宇文的姓:"宇文,宇文……"宇文掏兜想找纸巾,却没找到,只好用手掌抹胜男的眼泪。胜男一扭脖子,躲开。然后又转过来:"是你告诉我妈妈的?是你说你不喜欢我的?"泪水一直噙在她眼睛里,却一滴都不肯掉出来,让人看了分外惊叹又分外心疼。她依然抱着自己的膝盖,头靠在墙壁上,盯着宇文胜:"你说呀,是你告诉我妈妈的,说你并不喜欢我,是吗?"她的声音轻微而低沉,但并不压抑,仿佛这些愤怒不是出自她的胸膛,不是出自一个十六岁小女孩的胸膛,仿佛她的骨头里就装满了冷静,不,她的骨头与血液就这样，我被她的这种声音与神情震到了，这哪里是一个十六岁的孩子！

宇文胜垂下眼皮，摇摇头，却又使劲儿点点头，一字一顿地说："是，我并不爱你，我只是喜欢你。"他再次伸出手，想给她擦眼泪，或理理散在她额上的头发，胜男再次躲开："谢谢，谢谢你喜欢我，我其实知道的。"说完她把脸再次朝向墙壁，身体缩成更小的一团。

宇文胜看我，我把眼睛投向楼底，芳华在楼梯口看我，我摇摇头，又点点头，我自己都不知道是什么意思，仿佛这样，才是给芳华一个交代。

宇文胜试图抱胜男，胳膊伸出去，胜男却转过脸来，宇文胜的胳膊就那么尴尬地落在空中。胜男眼里的那汪泪水，竟然没了，我不知道这个姑娘是怎么做到硬生生把两汪泪水逼回肚里的，因为我根本没看到她有擦眼泪的动作。她把身体一点点地移动得离宇文胜远了一些，盯着他："谢谢你，谢谢你说你喜欢我，我本来就没有想过你爱我，我也知道没有人真正爱我！我也只是问你喜欢过我吗，你已经给了我答案，说你喜欢我，够了，宇文，谢谢你。"宇文胜也不再努力到胜男身边，他离开胜男，坐到床边。胜男看了我一眼，又对宇文说："好，我会跟我妈回去，但我想今晚再住一夜，这个房子是我租的，我想再住一晚。"她并不看宇文，仿佛她留恋的是这个房子，而不是宇文胜这个人。

多住一晚　197

这真不是我能理解的，我以为，既然一个女孩子能跟着一个男人跑了，那该是多么刻骨铭心的爱情，即使不是刻骨铭心，那也该是恋恋不舍吧？我没有从这个女孩子的所有言行中看出来，她留恋这个男人，哪怕只是留恋爱情这种感觉。突然觉得自己多么荒唐，是荒唐，而不是简单，真是荒唐。

胜男边说，边抬眼打量屋子，从上到下，从左到右，然而眼神却给人感觉是空的，并不定在某个点上。她的眼光转动，只是某种仪式，而不是真要看什么。然后，她收回目光："宇文，告诉我妈，我会回去，我只是想多住一晚，明天我就回去。"说完，她拉开被子，把自己裹进去，躺在床上，连头到脚，都捂得严严实实。除了能看到由于自然呼吸，使得她身体起伏，就一动不动了，甚至听不到她呼吸的声音。

我长吁一口气，像完成了什么工作似的，下楼梯。心里很沉重，莫名地沉重，这其实只是我自己旅途的一个插曲，或者说寻找田小军的过程中的一个小故事，然而那种沉重感，压得我喘不过气来，头就开始疼，昏昏沉沉地下最后一个楼梯，竟然踩空，幸好芳华在下面，一把扶住我。她眼神里充满希望与疑问，我不想说话，我也不知道该说什么，其实我只是想赶紧离开，仿佛这是一种什么不稳定因素，时时都会颠覆我，置我于某种危险之中。我用手指跟着下来的宇文胜，让他给她解释。

我赶紧离开这间屋子，打开门，门外的阳光刷一下进来，我的眼睛暂时不能适应，那一大片炽白，将整个世界变成一种虚空，眼睛欻欻流眼泪，止不住地流。我伸出手，挡住那毫无道理的阳光，另一只手抹眼泪，却越抹越多，我索性不再抹它，摸索着靠在墙壁上。好大一会儿，眼皮里开始发红，慢慢感觉那日头趋于正常，我一点一点睁开眼睛，房顶出现，青砖出现，大门出现，大门口那棵树出现，一阵风过，树叶沙沙落下，乱飞。

我浑身没有力气，软软地坐在院中的椅子上，等他们出来，想下一步怎么办。既然胜男想住一晚，大概她妈妈会答应她的要求，那我怎么办？我是要去恒盛茂的，要不我也在百灵庙停留一晚？胡思乱想间，宇文胜却出来了："姐，咱们先出去吃个饭，阿姨说吃完饭，让司机送你去恒盛茂。"我急忙摇手："怎么可以，不用，我自己想办法吧，不用麻烦人家了吧？"宇文胜指着屋里说："那你和阿姨说吧，阿姨是这么吩咐我的。"我看着紧闭的房门，只好跟着宇文胜走出院子，本想应该再和芳华告别一下，但目前的情况，还是互不相干为好，就作罢。司机还在原处停着，我走向轿车，对宇文胜说："不用了，我不想吃饭，我不饿，我就先上车了。"宇文胜也并不挽留，只是朝我挥挥手，大概他也累了，没有心情再陪一个毫不相干的人吃饭。

司机见我过来，发动了车，我坐到副驾驶位置上。他说："嫂子让我送你去恒盛茂。"我有些不好意思："太麻烦了，本

多住一晚　199

来我就是一个蹭车的,现在变成了专车,真是!"司机一把打转方向盘:"一脚油门的事情,不麻烦,不过嫂子今天可是一反常态啊。"我问:"为什么?"他说:"你不知道,吴夫人可是一个高傲的人,一般人,她不让搭车,她不喜欢车上人多,她很孤僻。"我说:"是吗?没看出来。"司机说:"是这样的,她是个说一不二的人,话不多,让人捉摸不透的。不过今天,我看她和你不停地说话。"我笑笑:"哦,大概,她看我顺眼吧。"司机也哈哈笑:"不知道,反正今儿是我认识她,拉她以来,见她说话最多的一次。"我说:"大概因为她心情不好,毕竟这是一件很令人头疼的事情。"司机已经把车开到正路上:"不知道,反正今儿她很反常。"我看着窗外呼啸而过的原野问:"得多久到恒盛茂?"他踩紧油门:"快,至多一个小时就到了。"我给田小军发了个微信:"我一会儿就到恒盛茂。"困意渐渐袭来,头靠在椅背上,就沉沉睡去。

　　醒来的时候车已经停了,我看见一个村牌"恒盛茂"。司机说:"姐,到了,你的朋友呢?"手机没有回信,我说:"谢谢你,那我下了。"他帮我把拉杆箱从后备厢里拖出来,就开车走了,是原路返回的,看来是又去了百灵庙。

　　我站在路口上,风呼呼吹来,已经是五点来钟,凉意一阵紧似一阵。我打电话过去,没人接。我望望村庄,依稀是原来的模样,然而却荒凉寥落了很多。恒盛茂西面是西河,北面能一眼望到西河中学,念书那会儿,放学的工夫,就可以跑恒盛茂或者西河一个来回。可是，西河中学呢？对面远处稀稀拉拉有几排房子，却缺牙豁齿的，好像没有人烟的样子，学校呢？我再次打电话，依然没人接，大概田小军忙呢吧。我拖着拉杆箱往西河中学的方向走，想去看看我曾经读过书的地方，现在到底是什么样。

　　风有些大，我打开拉杆箱，穿上那件户外棉衣，毕力格的棉衣，还是很管用的。拉杆箱在土路上"咯噔咯噔"地响，突然想起在怀朔下车那天，毕力格的声音："你该多穿点衣服的。"我摸摸衣袋，里面的野菊包还在。

　　风把路边的草吹得东倒西歪，像我们小时候打闹，一连串跌倒在草丛里，前仰后合的样子。那些房子越来越近，我好像听到打铃的声音，好像在走近过去的时光，田小军们，同学们在宽阔的校园里奔跑，嬉闹。因为没有院墙，教室前面的所有空地都是操场，大家做操，追逐，趴在地上斗草，或者用草吊洞穴里的虫子。我看见我自己双脚吊在单杠上，头朝地，在杠上前后摆动。一个同学将毛毛虫塞进我裤腿里，吓得我从单杠上掉下来，头上起了个大包。是谁？长长的腿，抱着篮球，运球，上篮，是田小军？是田小军，也许是其他同学。学校背后是一片菜地，夏天的时候绿绿的，我和同学中午顶着日头，坐在田埂上说悄悄话，或者背课文。

　　一阵风吹过，心里的暖意突然消失，所有幻觉消失。哪有什么西河中学，只是两排废弃的房子，而且这两排房子中

多住一晚　201

间的一些房屋，已经倒塌，露出灰灰的泥坯来。荒败如此，看来早已不是学校了。然而那两排房子前面却住着一户人家，一个妇人走出来，跟着一条狗。我问："姐，这儿不是学校吗？"她说："早就不是了，现在娃们上学，都去百灵庙了，这个地方早停了。"我叹口气："那你是？"她很热心，给我指，哪些是曾经的教室，哪些曾经是老师的宿舍，和我记忆里的完全不相符。她指着介绍完后，对我说："我住的这个房子原来是教室来，你看，现在前面成了羊圈了。"果然，这个院子是个羊圈，她住在羊圈后面的房子里。我问："你一个人？"她说："是，娃娃们大了，他放羊了，黑了才回来。"我看看前后左右，附近也就只她一家，我笑："你一个人，不闷吗？"狗在她旁边绕来绕去，她把它打发回去："不闷，习惯了，你是做甚的了，回家坐坐？"

电话响了，是田小军，说他刚才在西河的路上来，问我在哪儿了，我说我在西河中学，他笑说你跑那里做甚了，灰塌二虎的？我说我想看看。他就让我待在这里，他来接我。我挂了电话，对那妇人说："谢谢姐，我是在这里念过书的，只是看看，一会儿有人来接，不进去坐了。"她也回头再看看这些破旧的房子，叹了口气："唉，你看，都破得不成样子了。"我点头，那种坍塌，确实让人心惊，我不知道是建筑物坍塌让人心惊，还是某种流逝让人心惊，总之，悲凉。

传说纷纭

一辆工具车从西面驶来，我的心跳加速，竟然再次有了胆怯之感。多少年不见了，他会变成什么样子？他还认识我吗？我们该谈些什么？记得上次在白灵淖的时候，也是这种情形，我甚至希望这次也是个误会，也不是田小军本人，因为我实在不知道该对自己的这种刻意寻找与相见，说些什么。我甚至后悔联系到田小军，然而车越来越近，我想一定是田小军无疑了，无论如何，还是见面再说吧，既然人已经来了，紧张又有什么用？再说，毕竟还有那么一段简单快乐的共处时光，但我还是紧张，下意识地将手伸进兜里，触摸到了那塑料袋子，触摸到那束野菊，心里就突然放松下来。

车里的人，远远地就伸出手来打招呼，我看到他的笑脸，那么陌生，真是岁月不饶人，如果在路上，我一定不会认出他来。车停下,他从车里下来,天!这不会又是个误会吧?怎么个子那么低,至多一米七多一点,田小军念书那会儿就应该到一米八了。他却很大方地走过来和我握手:"我一看你就是花铃,哈达图的花铃吧?想不起你以前的样子,但一猜就是你。"我晃着他的手:"田小军,我记得你个儿挺高来的嘛,怎么并不高呢?难道我记错了?"他一愣:"咦,你记错了哇,我不是田小军,我是杨兵!"我心里的一块石头,居然轻轻落地:"你不是田小军?我找的是田小军,那你就不是我同学呀!"他招呼我把东西放车上:"我不是田小军,田小军是西河的,我认得呢,你也没说你要找田小军啊,我以为你是找我了。"我这才想起我一直强调自己是花铃,却没有认真确认对方是不是田小军,真是粗心极了。但我在微信里说过:"小军,我是花铃呀!"他笨笨地笑了下,掏出手机看,一边说:"啊呀,我很少看微信,一般都打电话。"接着"啊呀"了一声:"是了,你说来着,我没认真看,你看这闹的!"然后又不好意思地笑笑:"那也没事哇,快跟我先回家再说吧!"毕竟不是我要找的人,我不知道该不该上车,问他:"那你也没有个叫花铃的同学啊?"他说:"上车吧,无论是不是同学,你都来了,怎么着也得回家吃口饭,再说,你现在到哪儿去了?前不着村、后不着店的。"我看看偏西的日头,也只好这样了,就上了他的车,车里一股羊膻味,我本能地捂住鼻子。他笑:"你看,刚刚给人家西河拉了几只羊,里面味道不好,你就将就将就。"我不好意思地点点头："你有叫花铃的同学？"他发动车，说："我知道你了哇，你那会儿念书可有名了，学习好，我是石龙的，知道你了，我也是说，你怎么就找我了？"我说："真巧，你是石龙的，石龙在哈达图西面，你咋就在恒盛茂了？"车很快就到了恒盛茂，他看看我说："先回家再说，这车上的味道熏坏你呀！"说完，他哈哈笑，我也笑。气氛轻松起来，我的肚子也咕噜咕噜叫起来，一天没吃饭，真是饿了。想想这寻找途中的种种意外之事，就自己笑起来。

杨兵家在村东，红砖的房子很新，在一排大树的掩映下非常好看。村里的房子看着都很新，却多数锁着大门，整个村里很少看到人。院子里依然有狗，草原上的村庄，养狗的人家非常多。被拴在铁链上的狗，朝我扑跳着叫。一个女人跑出来，大声呵斥着狗，并朝我笑："花铃吧？呀，还这么好看！"我也笑，脸却朝着杨兵，杨兵带着我走进院子："你看看，我老婆，认得不？"我不好意思地摇头："啊呀，认不出来，多少年了，根本记不起来，你是？"在她的命令下，狗乖乖地卧在了原地，她一把拉着我的手："这个娃娃，我是你绿芽姐啊！你忘了？你还和小时候一样样的，喜人的。"

我们走进家门，我还是丈二和尚，却被这种夸赞与亲切带进了她的语境。她拍着我的背："绿芽嘛，你呀，南头起的绿芽！"我脑子飞快运转，突然想起来，扑上去抱着她笑：

传说纷纭 205

"呀，想起来了，绿芽姐姐，好巧呀，你怎么在这里？"她把我的东西放下，把我按沙发上："你先歇歇，我给你倒点水，一会儿吃饭，兵兵说你来呀，我早把饭做上了。"她手忙脚乱地给我倒水，添加了很多蜂蜜，都甜得腻了。杨兵在旁边亲昵地看着她笑："你看，把她给高兴的！"绿芽一边往出端盘碗，一边笑："高兴了嘛，这个娃娃多年不见了。"杨兵搓着手呵呵笑。

我其实到现在都想不起杨兵是谁，但绿芽却确确实实地想起来了。她和我一个村，我家住村北，她家住村南。哈达图是个大村子，并且是包白线上的一站。所以村子很大，并且交通方便。绿芽应该比我大七八岁的样子，我只记得我去村南玩的时候，有时候会看到她家的院子里坐着一个很老的老头，是她的爷爷。我对那个爷爷印象深刻，是因为他经常靠着墙壁坐着，仿佛他是和墙壁长在一起的，连脸色都是灰灰的，与墙壁同样的颜色。当然我也听说他曾经很有本领，只是因为犯了一个什么错误，被抓进监狱，放出来后就再也不说话，只是沉默着。我确实从来没见他说过话，而且我也不敢进他家，我对一切特别老的人，有着天然的恐惧。我一般绕开他家走，但实在不能绕开的时候，就小心翼翼，大气不敢出地，溜着墙边经过，仿佛一不小心会有巨大的危险。有一次，我看见，绿芽要扶他起来，我正好路过。我本来已经精神高度集中地小心走过，却听到他粗暴的喉咙里发出的声音，这一突然的声音，吓得我魂飞魄散，竟然连路都不敢走了，脸背向他们抱住脑袋哇哇大哭起来。他吼了一声，就又一言不发。绿芽见我这样，一边说她爷爷，一边走向我："你看你，吼甚了，吓坏人家娃娃了吧？"走过来，蹲下，把我搂怀里，给我抹眼泪："不要哭，没事，不怕，不怕！"一边拍着我的后背，像要把进入我体内的惊吓给拍出去，我至今都能记起那老头喉咙里的声音，粗而压抑。

我说："绿芽姐，你记不记得我被你爷爷吓哭，你还给我擦眼泪？"她已经把饭菜端上来，是一大盆炖骨头，外加一小盆蒸饼。她夹了一块大骨头，放我碗里："不记得了，我爷爷那会儿经常吓哭娃娃们了。"我已经馋得不得了了，这是我来草原看到的最想吃的饭，再加上一整天没吃饭，肚子早饿了。我迫不及待地夹了一块蒸饼："姐，太香了，你怎么知道我爱吃蒸饼？"绿芽说："知道了呀，咱们这地方长大的娃娃，都爱这东西，那也先吃肉了呀。"我已经咬了一大口蒸饼，由于烫，竟然噎了一下，我看看绿芽，绿芽对杨兵说："快，给舀点汤汤，你没看见花铃被噎着了吗？"杨兵顺从地给我舀了汤。绿芽看我："慢慢吃，还是小时候那个样儿，急性子。"我不好意思笑笑。

绿芽说："你怎么想起要看杨兵来？你们俩认得了？杨兵比你大两三岁了哇？"杨兵和我都笑，我说："这是巧合，我本来是要看田小军的，别人告我这个号是田小军的，我棒槌

传说纷纭　207

当针，以为果然是田小军，谁知道是他，说实话我根本不知道杨兵。"

杨兵看绿芽："我当时接电话，她说她是花铃，我还没想起来，后来想起你们村有个花铃，才知道是她，可是我也不知道她为什么找我，要看我，我也是疑心了呀。"

绿芽不断给我夹肉："兵兵回来跟我说了，我以为你有甚事了，没事吧？"

我说："没事，我就是有个假期，出来转转，顺便想看看我初中同学田小军，没料到却在这里见到了你。"其实我想问的是，杨兵应该比绿芽小，至少小六七岁的样子，怎么两人就结婚了呢？这种事情我还是开不了口。

我说："你们的孩子呢？你们不是应该在石龙吗？怎么就来了恒盛茂。"

绿芽大概听出了我的婉转之意，看看杨兵说："哎，我知道其实你想问甚了，你是想问杨兵比我小很多，怎么就结婚了呢？"我赶紧摇头，表示并没有感觉他们有什么年龄差别。

绿芽说："有这疑问很正常，所有人都有这疑问了。你看，我该咋说了，可复杂了。"绿芽叹口气："我第一家的男人，因为和人打架，失手杀了人，就那么顶了命。"我说："啊？为什么？"绿芽放下碗："说来话长，也不怕你笑话，他杀的那个男人是个蒙族人，经常来我们家，你说我能不招待了？我不是小时候我爷爷教过我蒙语，他也就肯跟我说话。

结果村里人言三语四就说我跟那人不对了。结果他俩在饭店一起喝酒,我也不知道到底俩人咋来来,就把人家捅死了。"

杨兵给她碗里舀了些汤:"你喝点汤。"绿芽喝了点汤,继续说:"你说这事弄的,你也知道我们家教很严,那也是我爷爷死了,如果没死,能把我打死。你说这种事,闹心不闹心?我只好回了娘家,那年冬天就又把我嫁了,其实我不想嫁,可是我们老家,你知道我老家也是山西的,出了门的闺女不能在娘家过年。我爹就随便找了人把我嫁了。"

她大概吃饱了,把碗放下,杨兵给端过一杯茶来。她说:"嫁就嫁吧,反正女人,总得嫁人,我们那会儿比你们迷信多了。嫁过去,那人还不错,谁知道是个短命的,有一年跳火车,跳下来给摔死了。"

她看看我:"花铃妹妹,你说,人的命啊,苦的,没法说。"她的泪就下来了,杨兵赶紧把纸巾给她,示意她别说了。她却说:"没事,花铃妹妹又不是外人。"她擦了把眼泪:"然后,我就成了不吉祥的女人,说是有克夫命,谁也不敢要,不过我也死了嫁人的心,那会儿我爹也去世了,就没人管我了,我就一个人过,回了咱哈达图过。"我低声问:"那小孩儿呢?"她小声抽泣:"一家留一个,都是小子。"杨兵挨过来,搂了搂她的肩膀,她就顺势靠在杨兵胳膊上,继续说:"人家不让我带,我也不能带,养活不了啊。"她看看我的碗,直起身子:"花铃,你再吃啊。"我说:"吃饱了。"她停止抽

传说纷纭　209

泣盼咐杨兵给我也倒点茶水。她接着说："啊呀，我回哈达图，跟我妈住了好几年，结果杨兵死活要和我结婚了。"她瞄了一眼杨兵，脸上竟然泛起幸福和羞涩的红晕："那会儿，杨兵还是个小伙子，生瓜蛋子，其实他家庭还不错，许多人劝他不要和我结婚，当时我也是拒绝的，我本来想，我可能就是一个不吉利的女人，不能连累人家娃娃。"杨兵坐在旁边一直笑眯眯地看她，不言语。她说："可是人家兵兵不，非要和我结婚，一来二去，我们就结婚了。"

见我们都吃完饭，杨兵就独自收拾碗筷，去洗。绿芽说："你看，说我命不好了，其实还挺好，兵兵对我可好了。"我看着杨兵站在锅台边，利索地洗完，不由得赞叹："是，你看，人家不声不响，就去做家务了，多体贴了，姐。"绿芽说："是啊，可惜来了，没给人家生个一儿半女，可能年龄大了。"杨兵听她这样说，扔过一句话来："你快不要说了，要娃娃做甚了，麻烦的。"我说："杨兵，你可真好了，绿芽姐真有福气。"杨兵端起锅倒水："哪里，是我有福气，没有她，我还没个家了。我妈去世早，我爹给我们找了个后妈，虽然这个后妈还算不错，但总是心里不舒服，后来跟绿芽结了婚，才觉得又有了个家。"

他已经把锅台收拾得整洁干净，端着一杯水，坐在我俩跟前："我喜欢绿芽，我见她第一面就觉得这个女人是我的女人。"绿芽打了他一下，脸色发红："行了，快不要说了，说了无数遍了。"杨兵握住她的手,不让动:"就是了,我也说不清,觉得她就应该是我的老婆,我根本没想过年龄问题,人们说你们年龄相差大,又是个克夫的女人。"他吹开水杯里的茶叶,撮嘴喝了一口水:"我那时候根本不管这些,就是想和她结婚。"绿芽从他的手掌里挣脱出手来,说:"你就不怕我克死你?"我也跟着问:"你真的不怕?"杨兵一本正经地说:"结婚前不怕,就想着怎么能把她娶到手。说实话,结婚后,有过一段时间怕来?"我们都看他,他急忙说:"看甚了,就是怕过一段时间。"然后他又喝了一口水,就笑了:"你们知道我想了个甚办法?"绿芽睁大眼睛,竟然是孩子气的眼神,她问:"难道真有禳解的办法?你背着我算卦来?请神来?"绿芽的面容并不年轻,毕竟四十大几的女人了,然而那种掩饰不住的孩子气,却使她有着与这个年龄并不相符的生动与活泼。杨兵说:"哪儿了,我才不信什么神了,我是这样想的——"他顿了顿,咳嗽了一声,像是清理喉咙,又像宣布一个什么巨大的决定,他说:"她只是克夫,她又不克哥哥或父亲,那我何不把她当娃娃看,这样,她不就是变成妹妹或者女儿了吗?"说完,自己就得意地哈哈大笑:"你看,这不就解决问题了嘛,你看,我们结婚十来年了,还不是好好的!"我也笑:"那你为什么不是当姐姐看?而要当妹妹或女儿看?"绿芽用脚踢着他的背:"对呀,为什么不是当姐姐看,我本来比你大啊!"杨兵假装被踢疼了,做出躲的样子:"那哪

传说纷纭 211

儿能了，老婆嘛，就是要当成妹妹或者女儿，才好，哪有当成姐姐的，再说，你有个姐姐的样子嘛！"绿芽更加用劲儿踢他："你占人家便宜，还卖乖。"

我被他们的打闹与心无芥蒂感染了，心里有说不出的轻松，这是这次旅行最让人轻松的一刻，就不由得掏出一根烟，准备点燃。绿芽见我掏烟，一把夺过去："你呀，女娃娃家，抽甚的烟了，不像个样样。"我竟然一点也没觉出被强迫的反感，反而心一软，感动排山倒海而来，泪水莫名地就要涌出来。杨兵说："绿芽不让你抽，是怕对你身体不好，没其他意思。"我说："我知道，她是你妹妹或女儿，却是我姐姐，我得听她的。"绿芽说："对呀，以后改了吧，不要抽烟，不好，杨兵那几年也抽，我硬是让他改了，不也好好的。"我点头，转移了话题："那你们为什么住到恒盛茂来，这里离石龙可是远了。"杨兵说："你说，当时，我们那种情况，村里人都不看好，被明里暗里指指点点，索性我就和绿芽说，咱俩走吧。"绿芽头靠在沙发上，腿翘起来，两只手弄着指甲。我认真听着他给我讲："绿芽说'我听你的。'然后我们就开始流浪。"他回头看绿芽："你说，咱那是流浪了吧？"绿芽不理他，只是点点头，继续弄她的手指甲。杨兵说："啊呀，走了好多个地方，做上一段时间事，就做不成了。我也没甚本事，叫绿芽跟着我受了很多罪。"他又回头看绿芽，眼睛里充满愧疚。他说："后来，我倒卖羊——我不想自己放羊，把绿芽一个人丢在家里——就贩卖羊。前年来了恒盛茂，这个村子人家旧房改造，很好的村子，很好的房子，只剩下三四户人家。这里很安静，没有闲杂人，我就跟人家租了这个房子，结果人家不要房租，说反正空着也是空着。我们就住这里了，安安静静的，交通又方便。"

屋子里已经很暗了，望出去，西天边的云彩火红。村庄里安静极了，好像除了这个屋子里的声音，除了偶尔飞过的鸟扑棱翅膀的声音，或者还有一点似有非有的风声外，一切杳寂。杨兵好像给我们讲了一个久远而美好平淡的爱情故事，绿芽头枕在沙发上，脚放在杨兵腿上，她闭着眼睛，呼吸均匀，好像睡着了，又好像她置身故事之外，她与故事的主人公无关，她只是一个空的存在，她与这个世界毫不关联。我看着窗外，完全忘了自己在哪里。我已经忘了我是谁，我干什么来了？我将去向哪里？时间仿佛凝固在这一刻，不仅时间，一切都是凝固的，就连光线，也不是一缕一缕地动，而是一块一块地移动，你根本觉察不出它的移动，然而它却确实在向前推移，一块挤着一块，那种滞重的推移，让你深陷其中而沉溺不自知。

一只茶杯掉在地上的声音，打破这种平衡与寂静。原来是绿芽转动身子时，碰掉茶几上的一只茶杯，那"啪嚓嚓"的脆响，让我们三个重回到现实中。杨兵把绿芽的腿轻轻放到沙发上，起身开灯。明亮的灯光，立马让房间穿越回来。

绿芽坐起，恍然大悟地说："啊呀，这是让你来听我们的故事来了？你是要找谁来着？"杨兵重新在电磁炉上热水，茶几上壶里的水已经冰凉了。我也才想起来，我是按着找田小军的号码来的。我说："我找一个叫田小军的同学，人家给我的号码却是你家杨兵的号码。谁知道这是怎么回事。"

杨兵已经热好了水，给我们各自倒了一杯。他把锅里的水，又分别倒在两个盆子里，兑了些凉水，用手指试了试温度，让我和绿芽洗。绿芽跳下沙发，找了两个小凳子，让她坐一个，我坐一个。我有些万分不好意思，怎么可以这样，我该自己来的。我急忙摆手说："让杨兵洗，我自己来，我自己来！"绿芽和杨兵同时说："你洗吧，你快洗吧，水冷呀。"我说："我不习惯这样，我还是自己来吧。"绿芽说："你呀，你个小妹妹，我是你姐，他是你姐夫。"杨兵笑："你洗吧，不要多心，我是习惯了每晚给绿芽兑洗脚水，只要我在。快洗个吧。"我看看杨兵，看看绿芽，只好坐下来洗脚。绿芽说："这就对了嘛，我还记得你小时候胆小却又古灵精怪的样子。"我回报给她笑容，一边洗一边问杨兵："你不是说，你认识田小军吗？他在哪里？你怎么用的是他的号？"杨兵把擦脚毛巾递给我和绿芽，说："我也不知道为什么这个号是田小军的号，我是春起的时候换的号，也可能是田小军消了的号。"

他看我们洗完脚，要动身给我们倒水，我赶紧摆手："不行,不行,你要倒给绿芽姐倒吧,我得自己倒,我真的不习惯。"绿芽笑,杨兵也只好一边端起绿芽的洗脚水出去,一边说:"你看你这个娃娃。"我穿好拖鞋,自己端着水,走出院子,倒在下水口。

西边的云霞已经熄灭,只剩点点残烬。星星开始闪烁,夜空逐渐低垂,草原的天空,是从中午开始,一直往下坠,一直坠,直到半夜,坠到最低处,可以伸手摸着了。

我回到房间,绿芽已经上炕,我依然坐在沙发上。杨兵打开电视。他一边看电视,一边和我说:"田小军是西河人。"我点头问他:"你怎么认识的?"杨兵说:"说认识,也只是见了一面,好几年了,我看——"他掐着手指头,算了一下说:"好像是五年前吧。那会儿田小军在百灵庙的稀土矿做老板了。我准备在那个矿上,给人家跑运输,我们就在一起吃了个饭。"我松口气:"哦,田小军看来日子过得不错啊,都当老板了。"杨兵把电视的声音调小,其实电视的声音根本影响不了我的思绪,然而他还是调小,对我说:"是,那几年,田小军在西河乡可是了不起的人物。"我疑问:"那几年?"他没有接我的话茬,继续说:"是了,那时候稀土矿刚开始兴起,可有名了,内蒙古的稀土矿。田小军可能有关系了,就成了老板,不过人家自己也有本事。"他手抱着一只膝盖,转过脸来对着我:"田小军他爸那会儿就可有本事了,是个司机,关系可多了。"我点头,我也记得田小军他爸是个司机,那时候觉得他爸很神气，开着车可以到处跑。杨兵说："田小军个儿可大了，啊呀，我觉得有一米八几，是不是上了一米九了？"我说："是了，我们念书那会儿，他就是个大长腿，个子已经上了一米八了。"杨兵说："是了，我们那天一起吃饭，他可胖了，又高又胖，像一座山，说话慢慢的，是个老板的样。"

看来杨兵是个叙述的好手，他认真地叙述着那天吃饭的情形："我是跟着我的一个朋友去的，这个朋友是西河的，与田小军老婆是好朋友。人家田小军不认识我。那天桌子上人还不少，田小军带的女人，又年轻又漂亮，说是他的秘书，啊呀，那个女人，喝酒可厉害了。"我立马笑："什么秘书，说不定是田小军的情人呢？"

其实我根本想不出那个瘦瘦的少年田小军会变成个大胖子，那他还会那么轻盈地奔跑在草原上吗？我也想不出他会和别人一样，带着情人扮秘书，我只是开个玩笑，我确实想不出那个少年，会是如何的一种中年态度。

杨兵说："我也是说了么，后来我那个朋友说，这个女人就是田小军的情人，我那个朋友是田小军老婆的朋友，小时候一起长大的。"我有些惊讶，我还真不是开了个玩笑，我还是猜对了。我问："那后来呢？"杨兵说："正好那年绿芽老生病，我不放心，就没跑运输，后来再没见田小军。"我说："田小军家不是在西河吗？应该人们都知道啊！"杨兵说："田小军家早就搬到百灵庙了，他父亲那会儿就搬到百灵庙了。"

我说:"那他现在不知道在哪里?"杨兵问我:"你找他做甚了?"我也不知道该怎么回答,我找他到底做什么?我只好说:"也没什么,只是多年不见,想见见,毕竟同学一场,大概我也老了,老了就念旧。"杨兵沉吟了几秒钟说:"是啊,老同学,多年不见,就是想见了。不过,我觉得你可能见不上他了。"我问:"为什么?"我想起巧巧说田小军腿断了,难道他果然腿断了?杨兵说:"因为谁也不知道他在哪里?"我陷入云雾之中。杨兵说:"他的传闻可多了,但具体怎么样,谁也不知道。"我又想起我刚到包头,和同学们问起田小军的情况,都说不清楚,只有一个同学给了我个电话号码,还说是好几年前的。

  我心里泛起不知名的滋味,像走在一堆棉花上,每一脚都虚空。我有些不甘心:"有些什么传闻啊。"杨兵说:"好几种了。"我说:"你一种一种地说。"杨兵笑:"你看,我也是道听途说的,不知道是真是假?"我说:"无所谓,就当故事听了,反正我今天听的故事多了,也不在这些上。"炕上的绿芽裹着被子笑了:"是呀,你就说吧,反正她就是听故事了哈,我也想听了。"杨兵说:"有人说他去俄罗斯做生意去了,说是娶了个俄罗斯老婆,一直没回来。"我说:"田小军不是有老婆吗,怎么又娶了?"杨兵说:"不知道,我也没听说他离过婚,前年我还见他老婆,他老婆我是认得了,也没听她说离婚,她娘家人也没说过她离婚。"然后他说:"这是传说,

传说纷纭 217

反正这几年谁也没见田小军。"我又问:"他不是在稀土矿当老板的了吗?"杨兵说:"早就不当了,这是个事实,因为我后来还去那个稀土矿,他不在那儿了。"

这个田小军,怎么和我记忆里的田小军一点也不像了呢,那时候他很安静,很踏实,一点儿都不折腾,我突然怀疑杨兵说的是不是田小军,难道他说的是另一个人,或者另一个叫田小军的人?杨兵说:"还有人说,他因为一个女人,被打断了一条腿。"终于回到我听说的传闻上,看来真有这种说法。我说:"怎么又是女人,这田小军好风流啊,小时候没有看出来啊。"杨兵笑我:"小时候,谁也不懂事,都是一个囫囵蛋。再说,也有人说是因为债务问题被打断了腿,说不是因为女人。"我长长吁了一口气,好像有什么东西落了地:"无论如何,总之是说被打断腿了。"杨兵说:"这也是传说,反正也没人看到过他,都是些道听途说。"我问:"再有没有有关他的传闻了?"杨兵说:"有了,也有人说被抓进监狱了。"我吃了一惊,这不在我的想象范围内。杨兵说:"这也是听人说的,也不确定。"我问:"你知道,这个传闻是因为什么吗?就是说他因为什么被抓进监狱。"杨兵说:"说甚的也有了,有人说,因为钱,矿上的钱,说他偷税漏税。也有人说因为一些官场上的事,当然也有人说是因为女人。"杨兵笑,大概觉得我不太想听田小军因为女人出事,他说:"有人就是爱传一些男人女人的事情,好像真的男人就是因为女人才犯事，我觉得不是，田小军据说是聪明人，在西河一带特别名声大。"

我其实并不在意了，听了这么多，突然觉得田小军离我很远，仿佛是一个毫不相关的人，不相关到他远在天边，远到我从来没有认识过他；又很近，近到好像是我从这个大门走出去，随处就可以见到的一个人。我惯性地问下去："再有没有了？"杨兵想了想，摇摇头笑："好像没了，你还想听了？"我说："不是不是，你不是说有很多吗？我以为你能顺着说一晚上呢？"说得我们三人全部笑起来，觉得真是听了一个故事，或者看了一集电视剧。

绿芽说："不早了，先睡吧，我早就瞌睡得不行了。"杨兵关掉电视："好，你俩睡，我去外间，我把尿盆给你们提回来。"说着出去提尿盆。我万分不好意思："绿芽姐姐，先陪我上厕所吧，晚上就不用起来了。"绿芽一边打开铺盖，一边说："你大还是小？"我说："小。"她说："那就不用出去了，冷的。晚上我也不待出去，一会儿杨兵提回尿盆来，就用尿盆吧。"我想把她拉下来，和我去厕所："姐姐，这多不好意思。"绿芽嗔我："有甚不好意思的了，你现在成了城里人了，你小时候不就是这样的吗？行了，只有姐还，有甚不好意思的了。"我只好点点头。杨兵把尿盆放到炕底，轻轻走出去，顺手关掉灯，并闭紧了门。

依然是有月亮的晚上，半个月亮挂在空中，月光柔和而

传说纷纭　219

润凉。绿芽要拉窗帘，我阻止了。她揶揄我："连个尿盆都不好意思用的人，怎么好意思不拉窗帘。"我也被自己的矛盾心理给羞了一下，我说："我想看天空，看星星，看月亮。"绿芽已经躺进被窝："我看你还真是个小娃娃，多大年龄了，还有心思看这些。"她闭上眼睛，我看见她的脸洒上夜之阴影，安详而平静。我也躺进被窝，看着窗外，月亮移动，薄薄的云彩移动，我仿佛也在云朵上，拽着月亮轻轻飘。

北归北

月光在我身上游移，像一只手，无骨，清凉，散发着若有若无的香气，绿色的香气。我似乎我听到那陌生而熟悉的声音："花铃……花铃……"我知道她来了，影子一般的她，那个不知道藏在何处的女人来了。我听到她窸窸窣窣扔掉衣服的声音，仿佛她未知的来路上东一件，西一件，都是她扔掉的衣服，花瓣一般飘落。她呼叫着我的名字，抚摸着我，像抚摸一个孩子，她的女儿？又像抚摸一个情人，手指意味深长，每过一处，都有摩擦后的温暖，隐秘的温暖。她依然紧贴着我的后背，她的肌肤冰凉，她的呼吸细微而均匀，像花蕊，雨水过后的花蕊，轻轻晃动。我知道这一定是场梦境，我一动不动，任她像水一样，在我周身流动。哪里有琴声？是马头琴声，风吹草低地荡漾。我试图坐起来，想循声望去，草场漫漫,青翠而转枯黄。然而一只胳膊,紧紧抱着我,我不能动弹,这只花茎一般的胳膊,如此坚韧而有力。挣扎间,我醒了,月亮已经偏西,我本知道这一定是梦,是梦一定会醒。我只是不知道为什么老是有这种相同的梦境。我围着被子坐起,身边睡着的是谁?我是谁?我在什么地方?一时之间,我分辨不清。夜色里,我迷糊了好一会儿,才慢慢明白过来,哦,我是在绿芽姐姐家里。身边轻微打着呼噜的是绿芽姐姐,一个二十年没见过面的姐姐,外面屋子里睡着的是她的丈夫,我从来没有见过面的人,我就是睡在他们家里,一个叫恒盛茂的小村庄里。那下一步我怎么办?我还要继续找下去吗?突然感到有些累,有些索然无味。我记得从家里出来的时候,就是因为觉得生活茫然,怎么现在又回到原点了呢?预设的旅途与找寻的那些快乐呢?快乐好像没有,但有悲伤也好,然而这样的夜里,我甚至无知无觉,心里突然什么也没有了,可这又不是澄明,而是白茫茫的。我用指甲掐了一下自己,还好,有点疼。绿芽翻了下身,我赶紧又躺下,想,明天还是回包头吧,该返回山西了。

　　再醒来的时候,日光已经薄薄地洒了一层在院子里,有说不出的新鲜,陈旧铺陈在下面的新鲜。绿芽已经在穿衣服。她关切地问我:"睡好了没?"我点点头,却不知所云地说:"你家的炕热乎乎的,还有月亮陪伴,睡得很好。"绿芽笑:"炕是夜来炖骨头,我烧热的。那也是你睡眠好,要是我换了地方，总是不适应。"我说："我还好，经常出门，习惯了。"想起昨晚的梦境，自己有些失笑。绿芽下地去倒便盆，我收拾铺盖。收拾完毕，绿芽已经拿回了柴火，生起火来。我走到外间，发现外间的床上整整齐齐，杨兵大概已经出去了。绿芽给我倒了热水，让我洗漱。我问："姐姐，杨兵呢？"绿芽说："不知道，可能拉羊走了。这几天，一天比一天冷，许多人家要杀羊，他得帮人家找放羊的买。"我"哦"了一声，低头刷牙，洗脸。绿芽说："这是你在了，他不好意思进来，一般他出去都和我说了，他起得早，我起得晚，总是我睡得正香的了，他就要和我说话，说去哪儿去哪儿呀，烦死了。"我嘴里有牙膏，想笑都不能，因为绿芽说这些的时候，那种抱怨的语气，不像抱怨一个丈夫，倒像抱怨一只她怀里的小狗，或者小猫，语气里满是爱与自豪。

饭快熟的时候，杨兵回来了。一边进门一边说："花铃，我今早去我朋友那儿了，终于给你打问了一个电话号码。"我还没开口，绿芽说："咦，你不是接羊送羊去了？你跑哪儿问了？"杨兵洗手，满脸憨笑："送羊，我给说成下午了，你看花铃不是打问田小军呢吗，我就去了什拉文格去问我那个朋友了。"他一边回头看绿芽："就那个谁嘛？"绿芽把做好的汤面一一盛到碗里说："谁？哪个？"杨兵笑："就那个三俊嘛，跟田小军老婆小时候一起长大的。"我其实已经不抱多大希望，而且已经准备返回了，但还是非常感谢杨兵专门为这跑

北归北　223

一趟。我端起饭碗说:"谢谢你啊,你看麻烦你一大早又跑了这么一趟,真不好意思。"杨兵也端起饭碗说:"呀,你说你远远路程来一回,寻不到也遗憾了。"我不知道该怎么回答,只好说:"找不到以后再找,反正就不打紧,我也是图旅游了,再说,我的假期满了,我得回去了。"杨兵喝汤喝得呼噜噜响:"我问三俊,三俊说他也不知道田小军到底怎么回事了,因为他好久也没见田小军老婆了,田小军的丈母丈人也早就搬家搬到包头了。"看来是没有打问到,我反过来安慰他:"没事,只是害你白跑一趟,又误了你的营生。"杨兵已经放下碗:"不,问了个电话号码,就是不知道他有没有再换号,三俊说这是他前年联系过的一个号。"说着他打开手机,给我念电话号码,我只好掏出手机,把电话号码记录下来。绿芽却说:"呀,反正你是旅行了,寻不到你同学也没事,你就多住几天吧,这里其实离希拉穆仁不远,让杨兵拉着你和我,咱们去玩儿玩儿。"杨兵笑:"是了,我带你们去,绿芽也经常一个人闷的,只要你不嫌我的车不好,是个烂工具车。"

我的心突然有风一样拂过,本能地紧缩、舒展,紧缩、舒展,接着是无比悠长的难过。难过的是我多么想回到希拉穆仁,可是那个马上的男子,风一样的男子,会在那里等我吗?而我,即使他等着,我能留下来吗?两天与一生,到底哪个重要?我不知道,我也没时间思考,我得回去,我得回去，我得回去！我发现自己是一棵树，已经在原地扎了深深又庞杂的根，我即使使劲儿扭动，也无法挣脱。

绿芽摇了摇我："嘿，妹子，想啥呢？住两天吧，我们去希拉穆仁。"这一下惊醒了我，我本能地连忙摆手："说的哪里话，你的车挺好的，出门能有专车，那可不得了！只是希拉穆仁我前几天去过了，再说我真不能再住下去了，我得回去上班。"心里又无比难过。绿芽说："快不怕，误上几天也没事，他们难道还开除你了？"我只好笑笑说："姐姐，不是那事，我出来已经很久了，这也超出假期两天了。对了，哪里可以坐上到包头的车？"绿芽看杨兵："哪儿能坐上了？"杨兵说："啊呀，要去包头，这儿还不好坐车。有达茂到固阳的车路过这里，可是你还得到固阳倒车。"杨兵要起身洗锅，绿芽却推开他，自己去洗："你就想想，看咋就能让花铃妹子直接去了包头，倒车麻烦的。"杨兵坐在沙发上说："你能不能从呼市返回，呼市有去山西的车了不？"对呀，为什么偏走包头，走呼市也可以啊，我说："行了，走呼市也行了。"杨兵说："那这里也坐不了车，得走白云了，白云到呼市的车可多了。"绿芽说："咱这里离白云近，还是离百灵庙近？"杨兵说："差不多，但白云路顺。"绿芽说："那你送她到白云吧，不用这了那了。"杨兵说："行。"我说："没有到白云的其他车吗？麻烦的你们。"杨兵说："麻烦甚了，这里的过路车并不多，我还是送你到白云吧。"绿芽也说："不麻烦，他经常跑了，一脚油门的事情，再说，我也想去白云看看我妹妹了。"我不再拒绝，一来实在没车，二来绿芽姐夫妇实在盛情，再要推辞就有些矫情，不知为什么，在他俩面前，我一直觉得自己的行为非常小气，矫情。

　　绿芽已经收拾完毕，杨兵出去发动车，我也收拾好自己的东西。绿芽说："车里的油够了不？"又回头嘱咐我："穿得多点，风大，怕冷了，我们这个车走风漏气，不好。"我拿出那件户外棉衣，穿上，竟然有了隔世之感，仿佛希拉穆仁的事情已经过了好多年，只那个塑料袋里的野菊，手碰上去，还硬硬的，存在，让人心里莫名一紧的存在，恍若隔世的存在。杨兵回来帮我拉起箱子对绿芽说："走吧，油不多了，路上就能加了。"

　　车朝西北方向开去，今天确实风大，从车缝里吹进来，很是寒冷。车外有许多羊群，偶尔有骑马的人经过，那马飞奔的姿态，像某种固定的纸片，轻轻剐蹭着我，使得我脸微微疼，我突然想起哪里听过的一首歌：在那风吹的草原，有我心上的人。风啊，你轻轻吹，听他忧伤的歌，月亮啊，你照亮他，火光啊，你温暖他。我把身子缩进棉衣里，头靠在玻璃上，仿佛那歌的旋律一直在。绿芽一直给我讲哈达图的事情，以及哈达图的人。但我并没听进去，实在时间久远，我又离开得早，我能记住的很少，她说的时候，我感觉在听毫不相关的事情。我只记得她爷爷惊着了我，我只记得她蹲下来安慰我,这个情形画面感很强,她述说哈达图的人和事时,我脑海里一直出现的是这个场景。我大概是个记不住大事情的人,我只能记得点点滴滴的小事,比如我记不清田小军的长相,我只记得他转身微微地笑,与操场上奔跑的模糊身影。这种微笑与模糊身影,其实可以安放到任何一个人身上,比如张三、李四、王麻子,或者各种姓的小军。

车很快就到了白云,白云是一个矿区,全名叫白云鄂博。绿芽和杨兵把我送到车站,车站还挺大,确实有很多去呼市的车。我上了一辆快要出发的客车,绿芽竟然抽空在旁边的小店里给我买了些零食,她应该真把我当小孩子了,真是让人温暖而感激。直到车开了,绿芽和杨兵才回到他们车上,绿芽拉开车窗,一直向我招手:"花铃,再回来了,再来。"我把手放到窗户上摇,看他们逐渐消失。这个场景这么熟悉,仿佛是一个电影镜头回放,回放过去,却不是一辆工具车,而是一匹飞奔的马,马上是一个蒙古族的流浪汉子。可笑的是,我已经想不起那汉子的面孔,但声音却还在:鸿雁,向南方……夹杂着马头琴的旋律。车向南,草原向北,渐行渐远。

从呼市上火车的时候,我拿出手机,看着杨兵给我的那个电话号码,我翻来覆去看了好多遍,想要不要打出去。纠结了好久,直到车快出内蒙古的时候,才好像给什么一个交代似的,拨出了那个电话号码,电话是通的,响了几声被接起，一个男音："谁？"我没有说话，对方继续问："你好，谁，你找谁？"我犹豫了一下，看了下电话的归属地，是内蒙古的，我突然没有了说话的欲望，或者说此刻什么也不想说了，不管这个声音是不是田小军的，我轻轻摸了摸手机屏幕，摁了挂机键。转头看着窗外呼呼而过的物事，心里又一片白茫茫。

回到太原的第一件事，我给老公发了条微信："我回来了。"他说："用接吗？"我回答："不用。"第二件事，我去了快递公司，把那件户外棉衣叠得整整齐齐放入邮包，然而却不知该邮寄到哪里，工作人员奇怪地看我，我最后添了地址和名字：内蒙古达茂旗希拉穆仁镇毕力格。我不知道毕力格能不能收到，这不是我能管的范围了，随它去吧。

回到家，我把那片创可贴与那束袋装野菊，装进盛旧信件的盒子里，放到我衣柜的最顶层。柜子顶层很高，我踩着梯子才能够得着。那里存放的是我不丢掉，却又用不着的东西，我很少打开，柜门的缝隙处已经积了尘土。我把盒子推到最深处，手在上面停放了很久，很久。最后我摁了摁它，把柜门闭上。我从梯子上下来的时候，袖口上沾了些尘土，我拿出笤帚，走到窗口，打开玻璃，细细地扫，直到扫得干干净净。

2017年12月15日初稿于后舍间